LES ASSOCIÉS DU GRAND PLATANE N'ONT PEUR DE RIEN

W0378841

L'auteur

Michel Seyrat a grandi à Nice au milieu des livres de la librairie familiale. Agrégé de Lettres, il a enseigné dans le Berry, à Alès et à Nice. Auteur d'anthologies, chroniqueur littéraire, conteur, romancier aux éditions Baie des Anges, Michel Seyrat dirige une collection aux Presses d'Ile-de-France. Père de trois garçons et grand-père, scout depuis toujours, il admire l'énergie, l'esprit d'initiative, la générosité des enfants et des jeunes, ce que les adultes ne voient pas toujours et dont il témoigne aussi souvent que possible.

L'illustrateur

Nikao, de son vrai nom Nicolas Francescon, est illustrateur et graphiste, il a passé dix ans à travailler dans différentes agences de communication et en parallèle pour l'édition jeunesse. En janvier 2013, il prend une grande décision : se consacrer pleinement à sa passion, l'illustration. Son univers s'adresse à une tranche d'âge assez large. Il aime gratter le papier, peindre, crayonner, utiliser la 3D pour créer des alliances particulières, à la fois drôles et poétiques... et avant tout, s'amuser ! À découvrir sur krop.com/nicolasfrancescon

Michel Seyrat

LES ASSOCIÉS DU GRAND PLATANE N'ONT PEUR DE RIEN

Illustrations de couverture et intérieures :
Nikao

Chères lectrices,
Chers lecteurs,

Je me présente : je suis le narrateur. Bien trop occupés, les Associés du Grand Platane n'ont pas le temps d'écrire leurs exploits, ils ont besoin de quelqu'un pour le faire : ce quelqu'un, c'est moi ! Je sais beaucoup de choses sur eux – ce qu'ils font, ce qu'ils pensent, et même des choses qu'ils ne savent pas encore : c'est ce qui fait tout le suspense. J'observe, je raconte, mais je n'agis pas dans les histoires. Mon rôle est de choisir les mots pour vous intéresser, vous amuser, vous effrayer, vous faire rire ou pleurer. Mais je ne fais pas ce que je veux : les personnages ont leurs caractères et leurs habitudes !

Les aventures des Associés du Grand Platane (les AGP, comme on les appelle) commencent sur la place devant l'école des Collinettes. À son centre, dans un petit jardin public, trône un vieux et grand platane. Pour faire le tour de son tronc, il faut être au moins quatre ou cinq à se tenir la main.

Élèves de CM2 et copains depuis la maternelle, Abel, Boris, Chérif, David, Éric et Farouk se retrouvent souvent au pied de cet arbre, témoin silencieux de leurs jeux, de leurs rires et de leurs aventures.

Et maintenant, chères lectrices, chers lecteurs, oubliez-moi ! Profitez de votre lecture.
Vous me croiserez par-ci par-là, dans un coin de page.
Amusez-vous bien et, surtout, imaginez tout ce que je ne dis pas…

QUAND C'EST INJUSTE, C'EST PAS JUSTE

Les élèves de l'école des Collinettes aimaient bien M. Duroc, le maître de la classe de CM2. D'abord, il avait une super moto d'autrefois, avec des chromes brillants, des roues à rayons, des sièges en cuir luisant. Quand il arrivait, on l'entendait ! Certains élèves disaient qu'ils préféraient les motos récentes, mais admiraient quand même celle de M. Duroc. Il avait une moto ancienne, mais c'était un maître moderne qui jonglait avec l'informatique : il apprenait aux élèves à s'en servir et aussi à s'en méfier. Il aimait le théâtre et le cinéma, faisait jouer des scènes en classe, montrait comment bien filmer avec un portable. Dans sa classe, on ne s'ennuyait jamais et, avec lui, on pouvait parler de tout.

Mais un matin, à l'heure de rentrer en classe, M. Duroc n'était pas là, remplacé par madame la directrice qui déclara :

– Mes enfants, j'ai une mauvaise nouvelle à vous annoncer : M. Duroc a eu un accident avec sa motocyclette. Il est à l'hôpital. Sa vie n'est pas en danger, mais il sera immobilisé plusieurs semaines. Heureusement, une maîtresse remplaçante va venir dans quelques instants et vous pourrez continuer votre année de CM2 normalement.

Tous les élèves s'étaient regardés, peinés. Ils voulaient poser des questions mais n'osaient pas. Seule Alice, moins timide et toujours prête à parler, se lança :

– Est-ce qu'il a très mal ? On peut aller le voir ?

– Attendez un peu, car il a des fractures qui l'immobilisent et il m'a dit au téléphone qu'il avait eu très peur et très mal, mais que ça allait mieux maintenant. Il m'a aussi dit qu'il pensait à vous et que vous deviez continuer à bien travailler. Voilà justement votre nouvelle maîtresse.

Madame la directrice ouvrit la porte, prononça quelques mots de bienvenue et sortit tandis que la nouvelle maîtresse s'installait au bureau.

Les élèves virent tout de suite qu'elle savait ce qu'elle voulait. Elle avait les cheveux courts, bruns, des lunettes sévères, la voix claire et sans discussion. Elle déclara qu'elle s'appelait Mme Champoussin et qu'il n'y avait pas de quoi rire. Ça tombait bien, parce que personne n'avait envie de rire.

Au début, on s'était observé, mais assez vite, la tension était montée. Mme Champoussin trouvait l'école vieillotte, les élèves trop mous, le quartier « loin de tout ». Elle avait décidé de relever le niveau, « parce que, avec M. Duroc, vous n'êtes vraiment pas allés vite ». Les élèves pensaient au contraire que M. Duroc allait très vite sur sa moto, mais ça, c'était une autre histoire.

Elle annonça donc un jour que le lundi suivant, elle ferait passer des tests à la classe et qu'il fallait réviser tout ce qu'on avait appris. Josué avait levé la main et demandé :

– Tout depuis quand, s'il vous plaît, m'dame ?

– Tout ce que vous avez appris, tout ce que vous devez savoir depuis que vous êtes à l'école.

– Même ce qu'on a oublié, m'dame ?

– Tout, c'est tout, et puis c'est tout ! Révisez, et à lundi !

C'était pas la joie dans la classe. Certains disaient qu'ils s'en fichaient et que de toute façon, ils avaient foot le samedi. D'autres pensaient qu'après les tests, viendraient les résultats, ce qui n'était pas toujours le moment le plus joyeux.

À la sortie, un petit groupe s'était retrouvé sur le banc du grand platane et discutait fort autour des six élèves qui se faisaient appeler les Associés du Grand Platane : Abel, Boris, Chérif, David, Éric et Farouk.

Ces six-là avaient choisi ce nom à l'occasion du grand concours photo du Conseil municipal des jeunes, « Flashez votre quartier avec votre portable ». Réunis comme d'habitude au pied de leur arbre, ils avaient beaucoup discuté pour choisir un lieu et un sujet : les pigeons qui boivent à la fontaine, la vieille maison tordue de la rue des Potiers, le préau peint de l'école, quand Farouk avait suggéré :

– Pourquoi pas notre platane ?

– Ah, oui, ça serait original, il est vachement beau, avait renchéri David.

– On pourrait faire le concours ensemble sous un même nom, avait proposé Chérif. Les Associés du Grand Platane, ça vous dit ? C'est bien, non ?

– Ouais, avait approuvé Abel, ça fait sérieux.

– Et on pourra dire les AGP, avait ajouté Boris, toujours pressé.

– Et comme ça, si un seul gagne, on aura quand même tous gagné, avait remarqué Éric.

Dès le lendemain, après avoir chargé leurs portables à fond, ils avaient photographié leur platane sous tous les angles et finalement gagné trois prix et un nom vite devenu célèbre dans le quartier, et même au-delà.

Mais ce jour-là, nos Associés avaient autre chose en tête que leur beau platane.

Ils s'inquiétaient du contrôle de Mme Champoussin, d'autant plus qu'à la fin de l'année, il ne fallait pas rater l'entrée en sixième au collège.

– On n'a qu'à réviser ensemble, ce sera plus marrant et puis on s'aidera.

– Tu parles, on va vachement réviser si on est tous ensemble !

– Si on le décide… Ma grande sœur qui a passé le brevet, elle a fait ça avec deux copines et elle a eu « très bien » partout.

– Vous pouvez venir chez moi, avait proposé Farouk, le garage est libre, ma mère sera d'accord et mon père, il est au boulot.

– Allez, OK, on s'associe pour résister à la Champoussin qui nous prend pour des poulets.

– Et vive les Associés du Grand Platane, s'était écrié Farouk.

Les six s'étaient donc organisés le samedi pour « réviser tout ce qu'ils devaient savoir » à la demande de Mme Champoussin qui avait décidé de relever le niveau de la classe.

Et quand ils le voulaient, les Associés du Grand Platane savaient s'y prendre, surtout si on les laissait faire à leur façon. Dans le garage de

Farouk, il y avait les tables et les chaises de camping qui ne servaient qu'en vacances. Les tables mises en carré, il fallut organiser un emploi du temps.

– On va pas réviser tout le temps, quand même ? demanda Boris qui avait du mal à rester immobile.

– T'inquiète, on s'arrêtera toutes les demi-heures, et on changera de sujet, c'est ma sœur qui m'a dit que leur prof, au collège, leur avait conseillé de faire comme ça.

– OK, alors, on commence ?

Parfois, le quart d'heure de jeu durait une demi-heure et la demi-heure de révision à peine un quart d'heure, mais, bon, les AGP révisaient, potassaient, rigolaient, imitaient Mme Champoussin...

Celui qui avait le plus de mal, c'était Boris. Il avait toujours peiné à l'école. Pour rendre service, il était disponible, mais s'en mettre plein la tête, c'était pas son truc. Depuis le CP, il était abonné aux mauvaises notes. Mais là, avec les autres qui lui expliquaient avec leurs mots, il avait appris des choses qu'il avait renoncé à comprendre depuis longtemps.

Finalement, les Associés du Grand Platane étaient assez fiers d'eux, ils avaient décidé de réviser ensemble, ils l'avaient fait à leur manière. Bien sûr, la maman de Farouk les avait encouragés, elle avait apporté des vieux cahiers de devoirs de vacances pour qu'ils s'entraînent, elle avait donné à boire, préparé des tartines et quand chacun avait regagné sa maison, elle avait poussé un ouf de soulagement, en attendant les coups de téléphone des autres mamans.

Lundi matin, 8 heures et demie, LE premier contrôle ! Plutôt fastoche pour les AGP. La suite était prévue pour l'après-midi… Au début de cette séquence, les six s'étaient regardés, ravis. Ce nouvel exercice proposé par Mme Champoussin, ils avaient fait le même dans un cahier de vacances apporté par la maman de Farouk. Alors, là, la Champoussin, elle allait enfin être contente de la classe.

Hélas, pas du tout. Au contraire. Catastrophe ! Le mardi matin, en rendant compte des résultats, elle piqua une grosse colère contre « les tricheurs qui s'étaient débrouillés pour communiquer sans qu'elle le voie, elle qui leur faisait confiance. Elle ne pensait pas, naïve qu'elle était, qu'à leur âge, ils étaient déjà aussi vicieux », et patati et patata...

Comme toute la classe la regardait avec des yeux ronds et visiblement n'y comprenait rien, elle s'emballa davantage en accusant tour à tour Abel, Boris, Chérif, David, Éric et Farouk de tricherie organisée.

– Six élèves qui ont exactement les mêmes réponses, comment ont-ils fait sans tricher ? Dites-le-moi !

Comme Abel levait la main pour lui expliquer, elle le fit taire, dit qu'elle n'écoutait pas les tricheurs, et elle donna les résultats de tout le monde sauf ceux des six AGP.

Puis la classe avait repris son cours normal, comme si de rien n'était, malgré l'énorme injustice qui planait sur les têtes.

Après la sortie, on s'agita beaucoup sur le banc autour du grand platane, les autres élèves voulaient savoir, les Associés expliquaient, Boris avait les larmes aux yeux, mais que faire ?

– On va lui écrire, décida Abel. J'ai aperçu son adresse mail en passant à côté de son bureau et je l'ai retenue, elle est super simple. On lui explique et on réclame réparation pour l'injustice qui nous est faite !

– T'as raison, bosser tout un samedi pour se ramasser des blâmes, c'est plus que de l'injustice, c'est du vol de bons résultats !

– Y a pas plus grave que l'injustice !

– Bon, alors, on lui envoie un mail ?

Ce fut un super exercice de rédaction, d'abord au brouillon. Allez raconter à une Mme Champoussin tout un samedi de révisions chez Farouk, et vous verrez comme c'est facile ! Mais bon, en faisant des phrases courtes, comme disait toujours M. Duroc, en surveillant les accords et les doubles lettres, le résultat leur parut bon. Restait à se rendre en vitesse à la bibliothèque pour taper et envoyer avec l'ordinateur disponible. La bibliothécaire n'aimait pas trop voir six galopins autour de son ordi, mais ils semblaient sages et concentrés.

– Alors, on signe tous ?

– Ah, non, elle va encore nous tomber dessus.

– On signe « Les Associés du Grand Platane contre l'injustice » ?

– D'accord, super, on envoie !

Le lendemain matin, en entrant en classe, les six AGP avaient une drôle de boule dans le ventre. C'est comme ça avec les mails, on écrit, on clique, et hop, c'est parti, sans possibilité de le rattraper.

Avant d'entrer en classe, on avait eu le temps de bavarder, et tout le monde savait l'envoi du courriel à la maîtresse. Le silence était lourd dans la salle, on se tenait à carreau et personne n'osait regarder Mme Champoussin.

– J'ai reçu une lettre par courriel à mon adresse personnelle, et je n'aime pas du tout ça.

« Hou là là, c'est mal parti », se disait Abel.

Boris commençait à devenir blême.

– J'ai cependant lu ce texte avec intérêt, et j'ai été étonnée que l'un ou l'une d'entre vous écrive si bien, sans doute y a-t-il eu de l'aide extérieure. Mais une chose me gêne beaucoup, ce message est anonyme puisque c'est une signature collective, assez infantile, je dois dire.

« C'est qu'on est encore des enfants », pensait Abel.

– J'ai tendance à croire le récit de ces « associés », car il paraît sincère. Mais il est dommage que les auteurs ne se soient pas fait connaître en ayant le courage de signer de leurs noms.

Alors, d'un geste prompt et décidé, Abel se leva, immédiatement suivi de Boris, très pâle, de Chérif, David, Éric et Farouk, visiblement énervé.

– Madame, nous sommes les signataires, nous disons la vérité, personne ne nous a aidés et nous avons réussi grâce aux révisions que vous nous aviez conseillé de faire.

Puis il se rassit, imité par les autres Associés du Grand Platane.

Mme Champoussin mit du temps avant de répondre.

Les élèves de la classe trouvèrent que ces Associés du Grand Platane avaient décidément fière allure.

– En ce cas, je rétablirai vos résultats justement obtenus, dit enfin Mme Champoussin. J'ai été injuste, et j'aurais dû vous laisser vous expliquer hier. Excusez-moi ; cela nous montre, à vous comme à moi, que la colère est mauvaise conseillère.

Un soupir de soulagement se propagea de bureau en bureau et Boris esquissa un large sourire.

Et, à la sortie, autour du Grand Platane, l'atmosphère fut joyeuse et détendue :

– On a bossé et ça a marché, déclara Éric toujours pratique.

– C'était pas juste, on a bien fait d'écrire notre mail, affirma Abel.

– Et avec tout ça je vais monter ma moyenne, espéra Boris, c'est pas souvent !

– Ma grande sœur m'a dit hier un proverbe africain : « Tout seul on va plus vite, ensemble on va plus loin », c'est comme nous, les Associés, non ?

Chérif, le roi des mots, avait souvent le mot de la fin.

LA SŒUR DE GREG

Des six Associés du Grand Platane, celui qui a le plus de relations, c'est Éric. Il parle avec tout le monde, il est populaire, il est gentil, bien coiffé, il fait de l'athlétisme, il a un sourire tranquille, si bien que, quand il demande quelque chose, généralement il l'obtient. Et comme ses parents sont avocats, il sait trouver les bons arguments. Bref, dans une association comme celle des AGP, c'est un membre précieux pour discuter avec les adultes et obtenir des renseignements.

Depuis quelques jours, il a l'air préoccupé et Abel finit par lui demander pourquoi.

– C'est à cause de Greg. Tu sais, on est voisins et il a un gros problème : ses parents divorcent et son père est reparti en Angleterre.

– Ouais, pas marrant ! Avec les parents, on ne sait jamais ce qui va arriver… ils s'engueulent, ils s'aiment plus et nous, on est entre les deux.

– C'est surtout à cause de sa petite sœur, qui pleure en plein milieu de la nuit. Comme ils dorment dans la même chambre, ça le réveille, il la console, mais après, il a du mal à dormir et il a tout le temps sommeil.

– Il en a parlé à sa mère ?

– Bien sûr, mais comme elle est plutôt en déprime, elle prend des trucs pour dormir et impossible de la réveiller !

– Ça fait de la peine pour Greg, mais tu n'y es pour rien et tu ne peux pas faire grand-chose.

– Justement, je pense qu'on pourrait faire quelque chose.

– Attends, on ne va pas réconcilier les parents, on est juste à l'école, on est des enfants, ne rêve pas.

– Et les Associés, tu en fais quoi ?

– Mais les AGP, c'est pas Superman, juste un truc entre nous.

– D'accord, mais j'ai eu une idée.

– Aïe, aïe, aïe, je te vois venir…

– Je t'explique. Dans quelques jours, c'est l'anniversaire de sa sœur Emma, alors, vu qu'on a déjà organisé des fêtes avec les copains, on pourrait en préparer une pour elle et lui faire la surprise. Je pourrais demander à deux ou trois filles de nous aider…

– C'est de ça que tu parlais avec Alice, à la récré ?

– Ben oui, pour savoir ce qui plaît à une petite fille, Alice a de bonnes idées, tu ne crois pas ?

– Si, si, continue.

– Avec tous les Associés du Grand Platane, ça peut être super, on doit bien pouvoir trouver des jouets ou des petits livres pour son âge à lui offrir, la maman de Farouk fait de formidables gâteaux au chocolat, on pourrait lui en demander un.

– OK, bonne idée. Il faut organiser ça avec Greg et sa mère, on ne va pas débarquer dans leur cour avec des bouteilles de Coca et un gâteau plein de bougies en chantant « surprise, surprise ».

– Bien sûr ! Alors, qu'est-ce que t'en dis, j'en parle aux autres ?

– Moi je suis partant, et puis c'est sympa pour Greg, il pourra dire à sa sœur que les organisateurs sont ses copains.

La machine AGP se met donc en marche pour fêter l'anniversaire d'Emma et lui sortir un peu ses idées noires de la tête.

Le mercredi en fin d'après-midi, les Associés ont l'habitude de se retrouver autour de leur arbre fétiche, parfois juste pour chahuter et jouer, souvent pour organiser les aventures dans lesquelles ils se lancent sans toujours savoir où cela va les mener.

Ce soir-là, Abel et Éric, qui ont invité Greg à la réunion, expliquent le projet d'organiser un super goûter pour sa sœur et pourquoi. Chacun connaît des parents qui se séparent, et comprend. Tout le monde est décidé à réussir cette fête.

Farouk pense que sa maman sera d'accord pour le gâteau :

– Même quand il n'y a pas de fête, elle cuisine pour « se sortir de ses ordis » comme elle dit.

Éric demande à Greg de voir ce qui passionne sa petite sœur et se propose pour apporter de quoi faire de la musique. Il est prêt à mettre Alice et ses copines dans le coup pour trouver des cadeaux.

– Je pourrai t'aider, dit Abel, j'habite au même endroit qu'elles.

Dans la classe, il y a une équipe de filles qui vivent dans le même pâté d'immeubles, au 42 rue des Pins où vit aussi Abel. Elles sont très copines et font régulièrement le chemin ensemble pour aller et revenir de l'école. On les appelle « la Compagnie du 42 » parce qu'elles s'accompagnent toujours et que Marie avait déclaré un jour :

– C'est comme dit ma mamie quand elle reçoit ses voisines : on se tient compagnie...

Et elles avaient conservé ce nom : la Compagnie du 42. Avec les Associés du Grand Platane, cela forme une joyeuse bande bien connue à l'école des Collinettes. Comme les AGP, elles aiment jouer, bouger, agir, rendre service, et quand on leur propose quelque chose d'intéressant, elles sont partantes. Ce projet va sûrement leur plaire.

Farouk propose le garage où ils avaient révisé pour préparer les surprises et les cadeaux. Boris suggère de demander aux parents de rajouter des bouteilles de Coca ou de jus de fruit aux prochaines courses, à stocker chez Farouk. Du coup, Chérif se rappelle que ses sœurs avaient une panoplie de fée ou de princesse, il ne se souvient plus bien :

– Si une des filles arrivait déguisée, ça plairait à Emma, non ?

Chérif est comme ça, il connaît tous les contes de fées, de sorciers, de pirates, d'aventuriers, d'explorateurs, il a toujours un livre qui traîne dans son sac et un héros merveilleux dans sa tête.

– Allez, c'est parti, dit Abel.

Le mercredi après-midi prévu, à 14 heures, grand coup de sonnette chez Greg qui ce jour-là garde sa petite sœur.

– C'est qui ? demande Emma. Ne va pas ouvrir, on voit pas qui c'est.

– Mais si, j'ouvre ! C'est des copains.

– Maman va pas être contente, elle veut pas de copains à la maison quand elle est au travail.

– T'inquiète, je lui en ai parlé, elle est d'accord.

Emma n'est pas tranquille, mais quand Greg

ouvre la porte, c'est une grande fille déguisée en fée qui entre en traînant derrière elle tout un train de paquets attachés ensemble, avec des gros nœuds multicolores pour les décorer et, après elle, une bande de grands élèves de son école qui chantent : « Joyeux anniversaire, Emma... »

– Tu vois qu'il valait mieux ouvrir la porte, lui dit Greg en lui faisant une grosse bise.

Emma reste bouche bée, et même elle pleure un peu, mais de joie.

Les filles de la Compagnie du 42 s'étaient surpassées dans les emballages de cadeaux au point qu'Emma ne sait pas très bien par où commencer.

Le grand frère de David, toujours à la pointe de la mode, avait prêté son smartphone et son enceinte Bluetooth pour diffuser la dernière chanson de Pristina, la star des CP, et celles des deux garçons du duo Gibus dont le poster est dans la chambre de toutes les filles. Greg s'était débrouillé pour avoir leur photo dédicacée avec la phrase : « Bon anniversaire jolie Emma ». Il la remet à sa sœur en faisant le clown. Emma ouvre de grands yeux et serre la photo sur son cœur.

On danse, on chante, on joue, des garçons se sont mis dans un coin avec leur console et mènent un combat acharné avec le jeu qui vient de sortir, quand la sonnette retentit à nouveau.

La maman de Farouk, considérée comme la meilleure pâtissière de la ville, tient à la main un superbe gâteau marbré chocolat-vanille, avec des bougies fusées. Quatre autres mamans ont amené les meilleures copines d'Emma pour le goûter.

On mange le gâteau, Emma a déballé tous les cadeaux, les mamans papotent dans un coin, c'est un bien bel anniversaire !

Quand la maman d'Emma et de Greg rentre, elle sourit largement devant l'atmosphère joyeuse qui règne dans la maison. Un grand monsieur l'accompagne, un peu intimidé par la joie collective et très souriant. La maman le présente comme un collègue de travail.

– Quand je lui ai raconté votre fête organisée par les copains de Greg, il m'a dit qu'il voulait proposer lui aussi un cadeau à Emma. Avec un autre papa et deux mamans, il s'occupe des scouts les plus jeunes juste à côté, dans le vieux quartier, et il l'invite à venir la semaine prochaine participer aux activités, pour qu'elle voie si ça lui plaît. Emma saute de joie.

Il se fait tard, les mamans veulent rentrer, les copines d'Emma l'embrassent avec les derniers « bon anniversaire ».

Les filles de la Compagnie avaient aidé Emma à découvrir tous ses cadeaux et joué un bon moment avec elle, puis étaient rentrées chez elles sans trop bavarder, comme si elles s'étaient souvenues de leurs fêtes de petites filles à elles, pas si lointaines, mais qui leur semblaient déjà bien anciennes.

Les Associés du Grand Platane, eux, après avoir fait une halte Coca et chamallows dans la chambre de Greg, étaient partis, satisfaits de leur action. L'anniversaire d'Emma s'était bien passé. Demain ou plus tard, d'autres aventures les attendraient sans aucun doute, parce que s'organiser pour rendre service, ça les motive toujours.

LES RESCAPÉS DU CANYON VERT

La journée organisée par la mairie pour présenter les activités d'été proposées aux jeunes se déroulait au mieux. Les six Associés du Grand Platane avaient tiré à l'arc, gagné un trophée au théâtre d'improvisation, retrouvé le calme à l'atelier de yoga et ils étaient maintenant les derniers à partir pour la descente en canot pneumatique du célèbre canyon Vert, dans lequel le Furon se précipite. Après cela, retour en car aux Collinettes en fin de journée.

Les quatre gros canots jaune et gris gonflés à bloc attendaient sagement leurs passagers au bord de la rivière. Les moniteurs tendaient aux jeunes casques, gilets de sécurité, containers étanches pour ranger les affaires à l'abri. Une rapide formation leur avait été dispensée pour savoir comment manier les pagaies. Tout était rôdé, c'était l'aventure sous contrôle.

Si toutefois on peut contrôler l'aventure !

– Allez les gars, équipez-vous et embarquez, le temps presse et en fin de journée, le niveau de l'eau risque de monter.

La base nautique sur le Furon d'où partaient les canots était installée juste avant les gorges qui constituaient un parcours de rafting connu et balisé. Mais après une journée bien remplie, quand le soleil commence à décliner et le vent frais à se lever, les navigateurs amateurs montraient un peu d'inquiétude et d'impatience.

Enfin ! Ça y est, les lourds canots se glissent dans le courant. Les Associés sont dans le dernier. Ils ont fourni leur certificat de bons nageurs, ils ont bien accroché leur gilet de sauvetage, ils plaisantent avec Jojo, le moniteur, comme pour tromper leur crainte, car le canot va de plus en plus vite, et l'utilisation des pagaies commence à réclamer toute leur attention. Déjà, ceux de devant sont pris dans les remous.

Dans les gorges, les tourbillons s'intensifient. Les autres sont passés, ils ont disparu dans la courbe de la rivière, mais eux sont ballottés violemment d'un côté, de l'autre.

– Ça cogne mais on va passer, crie le moniteur en gérant sa pagaie au mieux pour tenter de diriger l'embarcation.

– Dis, Jojo, le niveau monte vraiment beaucoup, remarque Boris.

– Oui, c'était prévu. Après une chaude journée, le Furon est en crue à cause des dernières neiges qui fondent.

Prévu, c'est vite dit. L'eau enserrée entre les hautes falaises de pierre verte qui ont donné leur nom aux gorges devient furieuse, et l'embarcation ne progresse plus, elle va et vient d'un bord à l'autre, rebondit, repart, recule.

– Il faut reprendre le courant, crie Jojo en faisant des efforts désespérés pour remettre la lourde embarcation dans le bon sens.

Les gorges changent brutalement de direction à cet endroit-là et l'eau se précipite avec furie sur la falaise. Le canot se retrouve devant-derrière et, dans ses efforts pour le redresser, Jojo tombe à l'eau. Emporté avec son gilet de sauvetage, il est happé par le courant, file avec la rivière et disparaît aux yeux des enfants. Ils sont seuls à bord, embarqués sur un bateau fou.

Incapables de faire quoi que ce soit d'efficace, ils se tapissent au fond de l'embarcation, confiants dans sa solidité légendaire, mais effrayés par la montée de plus en plus violente du niveau d'eau.

Il y a des minutes qui paraissent des heures. Bousculés, bringuebalés, envoyés d'un côté à l'autre, les six garçons sont maintenant seuls, ils ne voient plus que des murailles de roches, des tourbillons d'eau, ils sont trempés, accrochés les uns aux autres, parfois criant, souvent muets. Certains ont fermé les yeux, et sont paralysés par la panique.

Ils ne se parlent pas, mais chacun sait ce que l'autre pense : on ne peut plus rien faire. Même pas la peine de crier au secours, personne n'entendra.

Bien sûr, ils ont peur, ils pensent à leurs parents, mais ils se disent aussi qu'on déclenchera tous les secours. Il faut tenir le coup, et on les sortira vite d'affaire.

– Quand les autres seront arrivés, on nous cherchera ! hurle Abel, autant pour se rassurer que rassurer les autres.

Mais ça bouge toujours. Ils se sont bien arrimés aux cordages qui entourent l'embarcation. Une espèce de fatalisme les envahit. Ils attendent, ils s'abandonnent à la situation.

Soudain, un choc violent les bouscule et tout à coup, plus rien ne bouge. Le bateau est immobile, arrêté sur une petite plage de galets qui s'est formée à l'opposé du courant. Les Associés échangent un regard ahuri : ça y est, c'est fini, ils ne se sont pas noyés !

– Doucement, on descend doucement, les gars, après on verra, dit Abel.

Et les six, avec des gestes mesurés, et tanguant un peu, enjambent les énormes boudins et posent leurs pieds sur la terre ferme avec un réel soulagement.

– Sauvés des eaux ! s'écrie Chérif le poète.

– Sauf qu'elles continuent à monter, rétorque David.

– Faut prendre le bidon étanche avec nos affaires, sinon on va se geler, remarque Farouk, pratique.

Avec précaution, ils tirent le container hors du radeau et avancent sur cette plage dominée par une falaise qui laisse juste apparaître un petit morceau de ciel.

Les six Associés se réfugient le plus loin possible de l'eau et s'assoient, épuisés.

Le niveau du Furon continue à monter et la plage se rétrécit. Dans un recoin, il y a un monticule plus élevé de galets secs. En s'en approchant, ils quittent la rive des yeux et ne voient pas que le canot, allégé, a été soulevé et s'éloigne. Pris par le courant, il est emporté à vive allure et disparaît dans les gorges. C'est Boris qui s'aperçoit en premier de son absence.

– Quand les autres vont voir arriver le canot vide, ce sera la panique !

– De toute façon, on allait pas repartir tous seuls dans cette tourmente et avec la nuit qui arrive, remarque Abel.

– Exact. On sort les pulls secs, on se repose un moment et après on s'organise pour la suite, propose Farouk, toujours pratique et soucieux de confort.

Là où les galets sont secs, l'eau avait creusé la falaise qui faisait une sorte d'abri. Les six s'installent et font l'inventaire de leurs affaires. Pas grand-chose à manger sauf les biscuits secs de la maman de Farouk qui, heureusement, n'imagine pas son garçon démuni de biscuits toute une journée. Les téléphones portables, dans leurs pochettes étanches, sont inutiles : aucun réseau dans cette vallée perdue et encaissée.

– Ils nous feront quand même un peu de lumière si on doit passer la nuit ici.

– Tu crois pas qu'on viendra nous chercher avant la nuit ?

– Tu as vu le niveau de l'eau ? Tant que la crue ne diminue pas, ou bien on reste là et on attend, ou bien on cherche à sortir de la gorge. Au-dessus, je connais, c'est un grand plateau.

– L'embêtant dans ce trou, c'est qu'on n'est pas visibles d'en haut et si un hélicoptère nous cherche, il ne nous verra pas.

– Tu y crois, toi, à un hélico ?

– Ben, six garçons perdus dans des rapides, à mon avis, on aura droit aux grands moyens ! En attendant, il faut qu'on s'organise.

– Moi, je veux bien explorer le pied de la falaise pour voir si on peut trouver une voie pour grimper, propose Éric.

– Je viens avec toi, dit David.

– OK. Il faut aussi trouver un moyen d'être vus. On n'a rien pour faire du feu ?

– Non, vraiment rien. Mais si on mettait nos pulls secs et qu'on attachait ensemble nos tee-shirts mouillés, on pourrait faire une espèce de guirlande à accrocher pour être vue d'en haut, suggère Farouk.

– Bonne idée, on te passe les tee-shirts.

– Et on pourrait aussi attacher ensemble les ceintures de sauvetage bien visibles sur la plage.

– Super, y a des bandes fluo en plus.

Quand Farouk, Boris et Chérif commencent à attacher la « guirlande » d'habits, un bruit d'hélicoptère se fait entendre par-dessus le vacarme de la rivière. Tous se précipitent jusqu'au bord de l'eau toujours aussi bouillonnante, en faisant de grands gestes, mais dans ce creux profond, ils sont invisibles et puis, le temps de reconnaître le bruit et de se faire voir, l'appareil est déjà passé.

C'est après cet espoir déçu d'être repérés rapidement que le découragement arrive.

David et Éric, revenus de leur exploration, laissent peu d'espoir de s'en sortir en grimpant. Il y a bien une faille qui permettrait, si l'eau montait encore, d'atteindre une corniche en surplomb, mais il ne semble pas possible de grimper plus haut à mains nues sur une telle hauteur.

La guirlande d'habits achevée, ils ont du mal à trouver où et comment l'accrocher. Alors, assis au fond de leur refuge, le dos appuyé sur la roche rugueuse, en train de grignoter les biscuits de Farouk soigneusement partagés, ils restent silencieux.

C'est Éric, celui qui parle à tout le monde sans peur, qui pleure le premier, doucement, en s'excusant de craquer. Pour le consoler, David veut trouver des mots gentils, mais il ne lui vient, à lui aussi, que des larmes. Et voilà nos six gaillards avec les yeux qui piquent, les larmes qui coulent chaudes sur les joues encore mouillées par les embruns de la rivière.

– Pourvu que les parents ne se fassent pas trop de soucis.

– Rêve pas, en ce moment ils sont fous d'angoisse.

– Quand même, ils savent bien qu'on est débrouillards.

– Attends, mets-toi à leur place, le moniteur emporté, le bateau arrivé vide, y a de quoi s'affoler.

Pour essuyer ses larmes, Éric sort son paquet de mouchoirs en papier : tous trempés et en miettes. Alors David lui tend le sien, en tissu. Tout aussi trempé !

– Ah, pour se laver on a ce qu'il faut, mais pour s'essuyer, que dalle, s'écrie Farouk en éclatant de rire.

L'effet est général : le fou rire remplace les larmes, les nerfs se détendent, l'optimisme revient !

En se faisant des courtes échelles acrobatiques et en la calant avec des pierres, ils réussissent à accrocher leur guirlande de reconnaissance, et ils coincent leurs ceintures de sauvetage avec de gros galets.

– Ça devrait se voir de loin.

Ils sont contents de l'effet produit.

La nuit est tombée.

Alors, ils se regroupent l'un contre l'autre pour se faire chaud au cœur et regardent les étoiles occuper peu à peu la bande de ciel qu'ils aperçoivent en haut de la masse noire des falaises.

D'abord, chacun se parle à lui-même à haute voix, pour combler le silence, puis le dialogue se noue. De temps en temps des rires fusent.

– Je meurs de sommeil, dit Boris. Si on se couchait ? De toute manière, maintenant y a plus qu'à attendre le jour.

Alors, industrieux, ils dégagent les galets pour pouvoir se coucher sur le sable. La pleine lune aide leurs efforts. Sa face ronde les rassure.

Boris s'approche d'un coin plus sombre, au bord de la rivière toujours aussi bouillonnante, et s'amuse de son pipi dans l'eau.

Amusement vite partagé.

– Ma grand-mère m'a dit souvent : « quand tu as eu peur, fais pipi », dit David. C'est vraiment le moment, non ?

– Mais pour un plus gros besoin, on est prié de s'éloigner davantage, déclame d'un ton solennel un Éric qui a retrouvé son sourire communicatif.

– C’est très bon pour les plantes, déclare David.

– Moi, je me couche, fait Farouk en s’allongeant le plus confortablement possible.

David fait de même en révisant les étoiles qu’il reconnaît dans l’étroite bande de ciel.

Chérif se récite deux vers de La Fontaine qui le fascinent depuis qu’il a appris *Les Deux Amis* : « Deux vrais amis vivaient au Monomotapa / L’un ne possédait rien qui n’appartînt à l’autre. » Ce pays de Monomotapa le faisait rêver et cette amitié lui plaisait.

Chacun avec son rêve cède enfin au sommeil, oubliant rivière menaçante et estomac vide.

Ils ont bien mérité une bonne nuit, de celles que seule l’aventure réserve.

Le jour se lève à peine quand Farouk, réveillé par une sensation anormale, ouvre les yeux, et voit un homme en combinaison noire penché sur lui. Prêt à se dresser, effrayé, il voit l’écusson de la Gendarmerie nationale sur la poitrine du plongeur.

– Ben mon gars, tu es du genre calme pour dormir comme ça après cette crue, dit l’homme doucement. Maintenant, il faudrait tous vous réveiller parce que je connais beaucoup de gens qui vous attendent avec impatience.

Un autre plongeur s'approche et parle à voix basse à chaque garçon en les secouant un peu.

Les Associés ouvrent difficilement les yeux.

La rivière s'est beaucoup assagie.

Un vaste canot pneumatique bleu et noir, attaché à un pieu, attend ses passagers.

– Si ces messieurs veulent bien se donner la peine, dit l'autre gendarme, leur yacht est avancé.

– Et l'hélicoptère, il est où ? demande Boris.

– Au garage, il ne pouvait pas descendre dans votre trou de ratons laveurs.

– Alors, il faut encore faire du bateau, s'écrie Farouk qui aime de moins en moins la navigation fluviale.

– Mais nous, on a un moteur sur le bateau, et on va vous débarquer un peu plus haut où un camion tout-terrain vous attend, messeigneurs, répond le gendarme en mimant un salut à la façon des mousquetaires.

– S'il vous plaît, monsieur, dites-nous, Jojo le moniteur, vous l'avez trouvé ? demande Boris. Et les autres, ils sont arrivés ?

– Les autres bateaux sont passés au début de la crue, chahutés mais sains et saufs. Jojo, qui connaît chaque caillou de la rivière, s'est laissé porter par le courant et a rejoint la dernière embarcation. Il a des bleus partout !

– Eh bien, comme vous voyez, nous ça va, reprend Boris, avec son sourire désarmant. Alors chef, on embarque ?

On ramasse les affaires, on détache la guirlande de tee-shirts...

– Heureusement que vous aviez accroché vos habits et étalé vos gilets de survie, parce qu'endormis et cachés comme vous étiez, on aurait pu passer devant votre refuge sans vous voir.

Les gendarmes reconnaissent qu'ils se sont vraiment bien organisés.

Cette remarque fait plaisir à nos six Associés. Du coup, ils se sentent prêts pour d'autres aventures.

Enfin, un peu plus tard.

Et on embarque dans la vedette des gendarmes, sur une rivière assagie, sous un soleil levant et doux. Le moteur vrombit. Le nez du bateau se relève. L'eau est domptée par cet engin. Un quart d'heure plus tard, ils débarquent au milieu d'un véritable camp de la Gendarmerie où on félicite leur courage.

– Il paraît que dans l'armée, vous avez des super rations militaires, vachement bonnes. Si vous en aviez une ou deux qui traînent, j'y goûterais bien, déclare Farouk d'une seule traite.

Le lieutenant éclate de rire :

– Ils sont affamés ! On n'a pas les rations de guerre, et tant mieux, elles ne sont pas si bonnes que tu crois ! Mais on a du pain, du chocolat, du café au lait chaud. Régalez-vous et montez dans le camion, j'ai averti la ville qu'on vous avait trouvés et tout le monde s'impatiente.

C'est sûr qu'arriver au pied du Grand Platane en camion tout-terrain de la Gendarmerie, bleu nuit, perché sur des roues énormes, avec des gros phares partout, ça fait son effet. Et en descendre en sautant avec légèreté, ça fait aventurier blasé.

Les parents sont là, épuisés par une nuit blanche, eux. Les mamans pleurent, prennent leur grand bébé d'un mètre quarante dans leurs bras, tous les habitants de la place sont sortis et applaudissent.

Damien Chiche, le délégué du quartier au Conseil municipal des jeunes, s'approche avec le journaliste de *L'Éclair*, Léon Honoré, qui découvre les Associés du Grand Platane et les bombarde de questions.

Mais les AGP n'aiment pas se vanter.

Et ils sont fatigués.

Il leur faut quand même raconter leur aventure nautique.

Un peu.

Oui, il y avait beaucoup d'eau, très agitée.

Non, ils n'ont pas bu la tasse.

Oui, ils ont eu peur.

Non, ils n'ont pas paniqué.

Oui, ils ont pleuré.

Non, ils n'en veulent à personne.

Oui, ils aiment les aventures.

– Vous pouvez le dire dans votre article, déclare finalement Farouk à Léon Honoré, avec cette histoire on a vu qu'on peut se débrouiller partout, qu'on est capables de s'organiser et qu'on est des copains inséparables. Alors, ça valait bien une grande trouille et une nuit à la belle étoile, non ? conclut-il, philosophe.

LES DESSINS VOLÉS

Dans la Maison des Jeunes et de la Culture de la ville, l'atelier d'arts plastiques de M. Dimitri était en soi une œuvre d'art.

Labyrinthique.

Certes, il y avait un espace pour que les élèves s'installent pour les séances de création individuelle et collective. Mais tout le reste de la vaste surface n'était que couloirs de hautes étagères surchargées, chicanes et cul-de-sac, carrefours et niches, où les élèves pouvaient errer en quête d'inspiration, avec l'autorisation explicite et précise de M. Dimitri, et où lui-même parfois disparaissait pour réapparaître avec, à la main, un modèle, une reproduction d'un grand peintre ou une création de sa main.

Depuis sa sortie de l'école des Beaux-Arts, il vivait, créait, enseignait là. Il était le prince de ce royaume où il régnait sans partage. D'année en année, il avait installé des systèmes de stockage et de rangement, d'abord horizontalement puis de plus en plus verticalement, organisant l'espace selon un plan occulte, érigeant des falaises de documents, des grottes de papiers, des gorges de toiles peintes ou à peindre.

Tous les enfants aimaient cet endroit, assez mystérieux pour éveiller l'imagination, assez tortueux pour éviter les sentiers battus, assez dense pour chasser le superficiel.

Et généralement ils aimaient M. Dimitri, éminemment aimable sauf quand une sainte colère s'emparait de lui : tout alors se bloquait dans l'atelier, on n'osait plus bouger, on rentrait la tête dans les épaules, et on attendait que cesse le va-et-vient de ses pas et que baisse l'intensité de ses grognements furieux. Mais ces crises étaient rares et d'autant plus craintes.

Les Associés du Grand Platane et leurs amies de la Compagnie du 42 avaient manœuvré pour constituer un seul groupe de travail, stimulés par leur camaraderie et leur amitié. Ensemble, ils profitaient intensément de ces séances créatives. M. Dimitri l'avait vite compris, essayant constamment de développer leur inventivité collective.

Mais depuis quelque temps, il semblait préoccupé, demandant sans cesse si on n'avait pas aperçu dans le labyrinthe son bâton de fusain, son gros tube de bleu outremer, ses esquisses de colombes ou tel ou tel brouillon. Des questions toujours restées sans réponse, les élèves ne cherchant guère, persuadés que ce que M. Dimitri perdait se cachait dans les méandres de ses rangements et se révélerait un beau jour à la faveur d'un glissement de papier imprévu.

Ce jour-là cependant, en entrant, les enfants sentirent qu'une colère dimitrienne était sur le point d'exploser.

– Ou vous êtes des aveugles, ou vous êtes des farceurs, ou vous êtes des voleurs ! Chaque fois que votre groupe vient travailler, quelque chose disparaît. Combien de fois vous ai-je demandé de chercher ce qui me manquait, sans résultat ! Si vous croyez que je suis un distrait farfelu, vous vous trompez : je sais exactement ce qu'il y a ici et où se trouve chaque chose. J'ai écrit au tableau la liste des objets qui ont disparu, répartissez-vous dans mon labyrinthe et cherchez-les. Si vous ne trouvez rien, soit vous cherchez mal, soit ça a été volé. J'en tirerai alors les conséquences et tant pis pour vous.

La liste des objets perdus comportait une vingtaine de choses : matériel de dessin ou de peinture, petits objets utilisés comme modèles, quelques esquisses, dessins, aquarelles de lui. M. Dimitri était donc furieux à juste titre, et sans doute aussi déçu, car ce groupe était parmi les plus créatifs.

La séance de recherche fut intense, sous les étagères, sur les armoires, derrière les cartons, dans tous les interstices de cette construction monumentale.

On remit au jour des choses qui n'étaient pas sur la liste, on redressa des piles qui menaçaient de s'écrouler, on dérangea quelques araignées artistes et Clara trouva, triomphalement, le bleu outremer égaré, coincé derrière les dix tomes de l'*Histoire universelle de la peinture*, dont M. Dimitri disait : « C'est le livre des morts, il faut des artistes vivants. »

Le gros tube de bleu outremer, c'était déjà quelque chose, mais ce n'était pas grand-chose. Juste une ligne de la liste.

– On continuera à chercher la semaine prochaine, si vous voulez, monsieur Dimitri, dit Clara en rangeant ses affaires.

– Fouiller partout sera votre dernière chance, avant que je ne vous exclue des cours, surtout pour trouver mes dessins qui représentent des heures de travail.

La sortie des enfants fut silencieuse, ce n'était pas le moment de chahuter, mais une fois dehors, Clara montra sa colère :

– Soit Dimitri perd la boule, soit quelqu'un de nous vole et il doit nous le dire, on tâchera alors d'arranger ça.

On approuva et on se sépara, gênés. Mais on ne pouvait pas en rester là, il fallait dénouer le problème. Aussi, dès les retours à la maison, les téléphones se mirent en action. Selon les affinités, en se parlant, il était plus facile de reconnaître qu'on détenait un objet disparu. On l'avait emporté généralement par distraction, sans conscience d'avoir volé : un morceau de fusain rangé avec les siens, un petit modèle pour le dessiner à la maison, un croquis fait par M. Dimitri pour montrer comment s'y prendre et qu'on pouvait considérer comme un exemple sans importance. Les échanges téléphoniques avaient aussi révélé, plus grave et plus gênant, le goût de certains de collectionner les croquis de M. Dimitri, qui signait « DIMIT », et que chacun admirait.

Clara, qui était en quelque sorte au carrefour des échanges et qui commençait à rassembler les informations, téléphona à Abel :

– À nous tous et toutes, on a au moins la moitié de sa liste. Comment on fait ?

– On met tout dans un carton et on lui envoie par la poste !

– Attends, c'est gênant de montrer à tous qu'on a un des objets recherchés, d'autant plus que j'en connais qui ont une petite collection, avec même des trucs que Dimitri n'a pas cités.

– Et si on laissait tomber ? Ce n'est pas le vol de la *Joconde*, juste des babioles ou des brouillons. Moi j'ai emporté une craie jaune pour finir un dessin à la maison. Je l'ai juste retrouvée hier au fond de mon tiroir et je l'avais complètement oubliée.

– Abel, là je ne suis pas d'accord, tu connais le proverbe : qui vole un œuf vole un bœuf. Et puis si on laisse tomber, Dimitri nous vire du cours à tous les coups, et ça serait dommage. Et y en a qui ne se sont pas seulement approprié une craie, crois-moi.

– Ah, bon, tu en connais qui ont carrément volé ? Dans ce cas, c'est sûr, M. Dimitri nous mettra à la porte, plus ou moins violemment selon son humeur du jour ! On réfléchit encore, on en parle demain et je propose qu'on se réunisse tous et toutes après-demain, pour décider ensemble.

– OK, on cherche comment s'en tirer sans se faire exclure.

Car les enfants aimaient cet atelier qui leur ouvrait un autre monde et auraient regretté d'en être privés.

Ils appréciaient M. Dimitri qui avait quelque chose de magnétique, il faisait bouger les neurones. Ses cheveux longs, blonds, fins et un peu clairsemés, sa barbe claire et effilée, lui donnaient un air romantique. Les crayons et pinceaux semblaient prolonger ses longs doigts quand il redressait d'un trait ou d'une touche de couleur les dessins maladroits des élèves. Il avait une voix douce, mais bien audible et pénétrante pour montrer de quelques mots la force d'un tableau ou le mouvement d'une sculpture.

Il donnait confiance et poussait à se dépasser. Il avait l'air doux, mais se montrait assez dur pour qu'on le craigne et qu'on se mette en mouvement.

Pour éviter que le groupe soit renvoyé de l'atelier, Abel avait sa petite idée, même s'il craignait que Clara ne l'approuvât pas, avec son fichu proverbe de l'œuf et du bœuf !

Prenant son courage à deux mains, il lui téléphona pourtant pour la lui exposer : ceux et celles (presque tous et toutes !) qui avaient un objet de M. Dimitri devraient se débrouiller pour le rapporter et le cacher dans le fouillis du labyrinthe, assez bien pour ne pas être repéré tout de suite et assez mal pour que quelqu'un d'autre le trouve à coup sûr.

– Ouais, astucieux ton truc, mais il faut quand même que chacun se dise que c'est mal de voler. Et il y a au moins un cas où il ne s'agit pas de petites choses emportées sans le faire exprès, mais de vols répétés, peut-être pas méchamment, mais qui sont bien des vols.

– Là, c'est autre chose, il faudrait voir comment on peut donner un coup de main au coupable pour perdre son envie de voler, mais pour nous tous, tu es d'accord pour qu'on propose ma manip' ?

– D'accord, d'accord, mais faut faire vite et bien, avant que l'affaire ne grossisse.

– Donc demain je propose le système à tout le monde et pour le cas de celui ou de celle qui ne peut pas s'empêcher de piquer des trucs, je vais en parler à Boris, il en a vu plus que nous dans ses camps, colos et autres stages, on en avait parlé une fois. Selon ce qu'il me propose, tu verras avec lui.

– Ça marche.

Le lendemain, autour du platane, à la sortie de l'école, Abel expliqua bien les choses et chacun fut prié de trouver les moyens astucieux pour remettre dans le capharnaüm dimitrien ce qui en avait été dérobé.

Dès l'arrivée au cours de dessin suivant, Abel fit un beau discours pour dire à M. Dimitri que la semaine précédente, ils n'avaient pas pris au sérieux les recherches, mais qu'ils avaient décidé de s'y mettre consciencieusement et de retrouver tout ce que M. Dimitri cherchait.

Et tout de suite, chacun et chacune s'était précipité dans les rayons, fouillant, fourgonnant, déplaçant des choses, en empilant d'autres, et, régulièrement, un élève rapportait sur le bureau professoral tel ou tel objet signalé sur la liste.

Abel avait inauguré les restitutions en sortant de sa trousse, bien emballé dans un papier de soie, le morceau de craie jaune, « emporté pour finir un dessin et oublié au fond de son tiroir », dit-il.

En l'imitant, Clara avait déposé sur le bureau un C calligraphié par M. Dimitri pour démontrer les principes des enluminures.

– Enfin, Clara, ça tu peux le garder, c'est pour toi et vous en avez tous eu.

Les va-et-vient dans les coursives et les couloirs du labyrinthe ramenaient toujours des choses nouvelles, plusieurs qui n'étaient pas sur la liste, mais avaient semblé à leur découvreur « vraiment pas à sa place ». Et en fin de compte, il y avait un peu de tout sur le grand bureau de M. Dimitri.

Et pourtant, quelques objets de la liste n'avaient toujours pas réapparu !

Louise sortit soudain d'un recoin en déclarant :

– Regardez, monsieur, j'ai trouvé cette grande enveloppe tombée derrière les cartons où vous rangez les tissus de couleur. Ce sont de vos dessins, non ?

– Ah, oui, merci, Louise. Je ne savais plus où ils étaient fourrés.

Boris, avec cet air d'innocent qu'il savait si bien prendre, s'écria alors :

– J'ai lu dans un journal que des dessins oubliés ont été vendus très cher après la mort de l'artiste.

– J'aimerais mieux les vendre très cher de mon vivant, répondit M. Dimitri, en éclatant de rire.

Ainsi se détendit l'atmosphère et le professeur le manifesta en disant :

– Bon, eh bien, merci de vos recherches fructueuses. Je constate que vous avez une bonne vue quand vous le voulez, je vous propose donc aujourd'hui un exercice de coloriste : comment représenter l'invisible ? Après tout, les écrivains réussissent à le décrire, les peintres en seraient-ils incapables ? À vous de répondre.

Dans le silence qui accompagna la mise au travail des enfants, aux prises avec ce sujet énigmatique, plusieurs se demandèrent si M. Dimitri avait été dupe ou s'il avait joué le jeu de la solution imaginée par Abel.

En sortant du cours, Abel raccompagna Boris jusqu'à l'école en lui parlant des nombreux dessins dérobés assez régulièrement par quelqu'un de leur groupe.

– L'été dernier, à la colo, ça s'est produit. On ne pouvait plus aller à l'épicerie du village et même à la supérette sans qu'on nous flique comme des bandits. « On vous connaît, les jeunes de la Bastide des Amis, y en a toujours un qui trouve le moyen de glisser quelque chose dans sa poche. » Alors les éducateurs s'en sont préoccupés, une psychologue est venue, elle a reçu des jeunes de la colo, et un soir, elle nous a parlé, entre autres choses, des kleptomanes qui ont la manie de piquer des trucs, sans raison, sans pouvoir résister. Moi, ça ne m'a pas beaucoup intéressé, alors je peux pas t'en dire beaucoup plus, mais tu devrais dire à Clara d'orienter discrètement notre kleptomane à nous vers la psy qui vient le mercredi à l'école. Je la connais, elle est sympa et elle fait pas de chichis.

– Tu as raison, j'ai bien compris et j'en parle à Clara, parce que c'est le genre de chose qu'il vaut mieux régler le plus vite possible ! Dis-moi, ta vanne sur le prix des dessins quand le peintre est mort, tu l'as fait exprès ou c'est sorti comme ça ?

– Devine, monsieur le gros malin Abel.

– Bah, je ne suis pas bien malin, moi ce qui m'intéresse, c'est de monter des trucs, de les organiser, comme on fait avec les Associés.

– On se marre, on réfléchit, et ça rend service parfois.

– Bon, allez, je transmets tes tuyaux à Clara et on tourne la page des dessins volés.

– Puisque tu t'entends bien avec elle, demande-lui si les filles seraient partantes pour faire quelque chose de ce qu'on dessine avec Dimitri. Ces dessins, on les garde dans les cartons et un jour ils passent à la poubelle, dommage, non ?

– C'est sûr, comme tu le disais, on les garde pour quand on sera célèbre et mort.

– Avant ce moment lointain, on pourrait les pendre tous aux branches du Grand Platane, bien collés sur des cartons, ça bougerait au vent...

– ...et les oiseaux compléteraient de couleurs caca d'oie nos chefs-d'œuvre. C'est une bonne idée, à creuser. En attendant, à demain, et merci pour tes conseils de vieux sage !

Le Grand Platane, quant à lui, entendant cette conversation qui se déroulait à ses pieds, se voyait bien en galerie de plein air, exposant des dessins divers et des tableaux colorés sur ses ramures.

Il allait être en partie satisfait car l'idée de Boris d'utiliser le platane de la place comme lieu d'exposition était revenue dans les discussions des Associés qui avaient bien l'intention de marquer l'arrivée du printemps à leur manière.

Tout avait commencé par une rumeur : les autorités retardaient l'ouverture de la piscine du

Plateau sans donner de raison ni de date d'ouverture. Des bruits circulaient qui inquiétaient les habitants : il fallait la rénover, on allait la privatiser et le prix de l'entrée serait plus élevé, l'eau était polluée, etc.

Or la piscine du Plateau était chère aux habitants, car c'était un lieu convivial. Les ragots allaient bon train, et les préoccupaient.

Les Associés s'y intéressaient aussi, en discutant avec leurs camarades, leurs parents, les voisins. Ils étaient même allés à plusieurs reprises à la piscine fermée pour se renseigner et discuter avec le gardien et le directeur.

Un jour, une nouvelle se répandit à toute allure : la mairie avait décidé de vendre la piscine à un gros pisciculteur pour élever dans le bassin truites et saumons. Une poissonnerie serait installée sur place. On disait même qu'à certaines conditions, il serait possible d'aller à la pêche au bord du grand bassin. Mais évidemment, plus de leçons de natation, plus de maître-nageur ou de monitrice attentive, plus d'aquagym et plus de siestes au soleil.

C'en était trop, il fallait faire quelque chose.

Les AGP, fidèles à leur système d'information artisanal mais efficace, avaient donc lancé l'idée d'une manifestation de protestation sur la place des Collinettes, autour du Grand Platane, le samedi suivant.

Question battage publicitaire, ils savaient y faire.

Pour s'assurer de la réussite de cette manifestation, ils avaient réalisé quelques installations la veille au soir, à la nuit tombée, et bricolé longuement et secrètement dans le garage des parents de Farouk.

Et ce samedi, la foule était nombreuse sur la place. Les habitants s'étaient mobilisés et criaient des slogans réclamant le sauvetage de la piscine.

Après plusieurs minutes de protestation et quelques discours de riverains, on vit les six Associés du Grand Platane fendre la foule en file indienne, portant en une procession solennelle un long objet peu identifiable. Arrivés sous l'arbre vénérable d'où pendait depuis une haute branche une cordelette d'un vert très élégant, ils accrochèrent le long objet qu'ils transportaient et le hissèrent lentement.

Alors chacun put voir une grande silhouette en carton en forme de poisson sur laquelle était écrite en gros caractères la formule suivante :

Aujourd'hui 1er avril
on annonce que
la piscine ouvrira
le 1er mai
et ce n'est pas
UN POISSON D'AVRIL !

Clameurs, rires, cris, applaudissements, sifflets, réactions diverses accueillirent ce gigantesque « poisson d'avril ».

Les Associés s'étaient prudemment réfugiés dans un coin, contents d'avoir si vivement relancé le printemps de la place des Collinettes, mais indécis sur les réactions des habitants après le tour qu'ils leur avaient joué.

Le directeur de la piscine du Plateau était fort satisfait du lancement de son établissement. Quelques grincheux trouvèrent que ces gamins se croyaient tout permis.

Mais la plupart des gens présents étaient contents de se revoir à l'orée de la belle saison, et improvisèrent un pique-nique commun sur la place.

– Heureusement que nous avons toujours notre platane, déclara le sévère M. Leroy, généralement peu bavard, c'est un point de ralliement très utile.

– Et qui nous protège bien du soleil, approuva Mme Defoix.

Ces propos aimables ravirent le platane en question, un peu chagrin que les Associés aient remplacé l'exposition de leurs dessins par l'accrochage de ce poisson qui flottait au vent. Mais comme c'était un vieux platane plein de sagesse, il en prenait son parti et s'amusait des mouvements de cette silhouette de carton à défaut des chefs-d'œuvre de ses fidèles admirateurs.

PRIS AUX MOTS

Chérif aime collectionner les mots. Certains collectionnent les timbres, les figurines, les vignettes de footballeurs, lui, il note dans un répertoire les mots qui lui plaisent au cours de ses lectures. Il a même créé un système de repères selon que le mot est ancien, drôle, compliqué ou nouveau. Au début, les copains se moquaient bien un peu de lui, mais comme sa collection devenait impressionnante et remplissait plusieurs carnets, maintenant, ils étaient plutôt admiratifs.

Chérif n'aime pas seulement les mots isolés, il aime les lire dans des histoires et les écrire dans les rédactions. Le geste d'écrire en formant bien les lettres, en alignant bien les mots, ça l'intéresse et ça lui fait tout oublier. Quand on l'appelle et qu'il ne répond pas, c'est qu'il est dans ses mots, la chose est bien connue dans la famille. Avec tout ça, Chérif a souvent de bonnes notes aux leçons de vocabulaire et aux rédactions. Même Mme Champoussin, qui est très sévère là-dessus, le reconnaît quelquefois.

S'il n'est pas toujours premier en français, c'est que Léa le talonne : quand il n'a pas la meilleure note, c'est Léa qui la décroche et inversement. Depuis le début de l'année, cela les amuse et Chérif a pris son courage à deux mains pour en parler avec elle, en l'accompagnant un bout de chemin à la sortie de l'école.

Ce jour-là, il avait apporté tout exprès son dernier répertoire, numéroté XII en chiffres romains, et le treizième, qu'il venait juste de commencer.

– C'est quoi ton truc à toi pour les rédac' ? Moi tu vois, c'est une collection de mots rares.

– Wouhaa, t'en as tant que ça, douze carnets? Moi, c'est plutôt que j'aime bien connaître la vie des gens célèbres, alors je regarde dans les gros dictionnaires de la bibliothèque ou sur Internet et puis je me fais mon petit catalogue perso avec leurs noms, comme toi avec tes mots.

– Tu dois apprendre plein de choses comme ça.

– Souvent, et sur toutes les époques. Le dernier qui m'a intéressée c'est Pasteur, parce qu'on parle beaucoup de son institut en ce moment à cause du virus qui envahit le monde. Il a soigné beaucoup de gens, sans être médecin, et les docteurs de l'époque le critiquaient beaucoup.

– Le plus important, c'est qu'il ait guéri des gens et mis au point des vaccins, non? Tiens, moi, je t'offre mon dernier mot collecté dans mon nouveau carnet.

Et Chérif, en s'appuyant sur un muret, se mit à recopier sa dernière trouvaille sur la feuille d'un dimanche arrachée à son agenda.

« Zootrope, du grec *zoon*, animal et *tropos*, action de tourner. Phénakistiscope montrant les différentes phases du mouvement chez les êtres animés. »

Il s'était appliqué et tendit la feuille à Léa avec une certaine fierté mêlée d'un brin de crainte.

– Regarde, c'est formidable, j'ai encore trouvé un mot inconnu commençant par Z, les plus rares.

Léa lut ce mot étrange avec surprise et étonnement.

– Et tu en as comme ça de pleins carnets ? J'avais jamais vu ça !

Chérif appréciait le compliment en souriant.

– Et c'est quoi un phé... na... kisti... scope ?

– Voilà, tu as tout compris, c'est ça qui me plaît avec les mots, on en trouve un mystérieux, on cherche son sens et on découvre dans sa définition d'autres mots encore plus magiques.

– Et le phéna-truc là, à quoi ça sert ?

– C'est l'ancêtre du cinéma : on regarde des images à travers les fentes d'un cylindre qui tourne et on a l'impression du mouvement.

– Comme les petits bonshommes qu'on dessine sur les coins de carnet et qu'on fait tourner ?

– Voilà, pareil.

Enhardi par l'intérêt de Léa, Chérif raconta ses joies de découvreur de mots, ceux dont il ne trouve pas facilement la définition, parce qu'ils sont trop anciens ou trop techniques, ses recherches dans des dictionnaires usés qui ont l'odeur du papier vieilli ou ses explorations dans des encyclopédies de quinze ou vingt tomes. À la bibliothèque municipale, il est devenu une sorte de vedette et les dames l'appellent en souriant « Chérif, le shérif des mots ».

Comme Léa l'écoutait sans l'interrompre, il osa lui faire une proposition qui lui courait dans la tête depuis un moment.

– Si ça te plaît, on pourrait faire une équipe : chaque fois qu'on trouverait un mot intéressant, on se le communiquerait par mail et tu ferais aussi ton propre répertoire.

Galant, Chérif, ajouta :

– Tu aurais la priorité, je ne noterais dans mon carnet que les mots que tu refuserais. Qu'est-ce que tu en dis ?

– Faut que je réfléchisse. Au début, c'est amusant, mais après ça doit être un peu embêtant, non ?

– Embêtant ? Ah, non, jamais, tu découvres tout le temps des trucs inconnus.

– Bon, bon, d'accord, la semaine prochaine, on commence, le temps que ma mère m'achète un répertoire.

Ce soir-là, en rentrant, Chérif se sentait léger, il sifflotait en poussant la porte, ce qui fit dire à sa mère :

– Des bonnes notes aujourd'hui ?

– Non, non, au contraire, tout va bien.

Réponse qui étonna sa mère.

Mais Chérif était ailleurs, il imaginait déjà un énorme livre titré *Chérif et Léa, Vocabulaire raisonné*. Il avait lu ce titre à la bibliothèque et il l'avait trouvé très classe.

Ainsi débuta une longue et fructueuse coopération. Mais aussi une aventure qui fit grand peur aux deux héros et à leur entourage.

Chérif et Léa s'étaient inscrits sur la même messagerie pour leurs échanges de mots et, assez vite, la circulation de mots rares avait pris un bon rythme qui occupait leurs moments libres. Les enfants avaient expliqué leur projet à leurs parents qui se disaient que ce jeu-là était sans risque et plutôt formateur. De temps à autre, ils interrogeaient leur fils ou leur fille et admiraient le mot découvert et généralement inconnu.

« Écholalie » avait amusé tout le monde un bon moment, puisqu'il s'agit de la manie qui consiste à répéter le dernier mot prononcé par son interlocuteur. La maman de Léa avait évoqué sa grand-tante Antonia qui avait cette habitude et toute la famille s'y était mise au repas du soir. « Kaléidoscope » avait rappelé à Chérif que sa Mamie avait un exemplaire de ce vieil objet au fond d'un tiroir de sa commode, quant à « knickerbockers », il avait provoqué chez les deux papas la recherche de leurs vieux albums de Tintin, le plus célèbre porteur de ce genre de culotte.

Bref, chacun était pris aux mots !

Les semaines passaient.

Les répertoires s'épaississaient.

Les définitions qu'on s'échangeait étaient souvent plus étranges encore que les mots.

Un jour, Chérif eut l'impression qu'il se passait des choses anormales sur son portable, durant une fraction de seconde. Mais il l'oublia jusqu'au soir où Léa lui décrivit un phénomène semblable sur le sien.

– Alors, là, faut faire gaffe, on peut être piratés.

– Qui veux-tu qui pirate nos mots tordus ?

– Ben, je ne sais pas, un autre collectionneur, un concurrent, un Russe ou un Chinois qui s'intéresserait au français...

– Tu délires, Chérif, pour l'instant c'est juste un bug ultra rapide. Il y en a plein en ce moment, tout le monde navigue sur la Toile, commande n'importe quoi, lit les journaux, ça surcharge.

– Oui, bon, tu as raison, je panique.

Mais quand Léa envoya « mélophobe » (qui déteste la musique) et « mélophage » (un parasite des moutons), il y eut une nouvelle alerte, une sorte de sautillement de l'écran avant que tout rentre dans l'ordre.

Avec « palimpseste » – parchemin effacé puis réutilisé – l'alerte fut plus chaude : écran noir, zébrures lumineuses et redémarrage spontané. Chérif trouvait cela inquiétant, car le phénomène se produisait uniquement avec leurs messages consacrés aux mots. Il en avait parlé à son père qui avait promis d'interroger un collègue de travail plus calé que lui sur Internet. Le papa et la maman de Léa l'avaient mise en garde :

– Arrêtez vos échanges quelques jours et surtout, vous n'envoyez rien de personnel.

Léa savait bien tout ça, elle se méfiait de « la Toile », une de ses copines qui avait fait le clown et diffusé ces images avait dû changer toutes ses données, parce que des copies de ses bêtises avaient circulé, à sa grande honte.

Donc, Chérif et Léa passèrent quelques jours sans mots. Après tout, rien ne les obligeait à cette collecte et ça les reposerait un instant de leur passion.

Mais, un soir, à la sortie de l'école, Boris fit quelques pas avec Chérif, ce qui était rare, vu que Boris habite chez les gardiens de l'école, Élodie et Sébastien, qui sont sa famille d'accueil car il n'a plus de parents.

– Chérif, je t'accompagne, parce que j'ai un truc à te dire, lui chuchota-t-il.

– Tu fais bien le mystérieux.

– Y a de quoi : Léa et toi, vous êtes suivis.

– Comment ça, suivis ?

– Y a toujours un mec qui vous surveille, pas toujours le même, mais tous les jours, un pour toi, un pour Léa.

– Attends, tu rêves ou quoi ? Qui veux-tu qui nous surveille, et pourquoi ?

– Ça, j'en sais rien, mais j'ai l'œil et j'ai bien vu ce que j'ai vu. On va s'arrêter devant la vitrine du magasin de jouets, devant les maquettes, et tu regarderas derrière nous.

– Bah !

Les deux Associés, l'air nonchalant, stoppèrent leur marche à l'endroit prévu. Ils scrutèrent avec attention la rue ensoleillée qui se reflétait dans la vitrine.

– Alors ?

– Ouais, c'est possible que ce gars à barbe courte se soit arrêté en même temps que nous...

– ... ce gars-là, je l'ai déjà vu il y a trois jours.

– Qu'est-ce que tu crois qu'il veut ?

– J'en sais rien, mais il est déjà venu. J'en ai parlé aux copains de colo, tu sais, les grands, ils m'ont promis de venir jeter un œil un de ces soirs.

– Eh bien moi, je vais aller tout seul comme un grand lui demander ce qu'il veut, et si ça tourne mal, tu appelles les gendarmes.

– Fais gaffe, on sait pas qui c'est.

Mais Chérif était déjà revenu sur ses pas,

s'était approché du barbu suiveur et, d'un ton décidé mais poli, s'était adressé à lui.

– Bonjour, monsieur, excusez-moi de vous déranger, mais mon copain voudrait savoir pourquoi vous nous suivez, et il me dit que ce n'est pas la première fois.

L'homme eut l'air surpris.

– Eh bien, ton copain se trompe, il a des visions, je ne vous suis pas, je prends le même chemin, c'est tout.

– Est-ce que je peux vous demander où vous allez ? C'est pour rassurer mon copain, demanda Chérif, enhardi.

– Juste un peu plus loin. Mais tout ça ne te regarde pas.

– D'accord, monsieur, excusez-moi de vous avoir dérangé. Comme on aime les films d'espionnage, on regarde bien tout autour de nous, et on connaît par cœur le numéro de la gendarmerie en cas de problème. Bonsoir, monsieur.

Et Chérif rejoignit Boris qui l'accompagna jusque chez lui. Le barbu avait disparu.

Cette nuit-là, Chérif dormit mal. Il rêva d'hommes à mines patibulaires qui le coinçaient au bout de la rue, le pressaient de questions en lui donnant des gifles. Derrière un mur infranchissable, il entendait des cris de Léa qui hurlait: «Laissez-moi, laissez-moi.»

Il se réveilla en sueur plusieurs fois dans la nuit et alla boire un verre d'eau dans la cuisine sans faire de bruit mais tout tremblant. En se recouchant, il se gronda lui-même: «Arrête de croire aux cauchemars, après tout, ce type disait peut-être vrai, il allait voir sa copine et voulait pas le dire, ou bien il s'était paumé. C'est Boris qui t'a fichu la trouille.» En se pelotonnant bien sous la couette, il finit par retrouver le sommeil au point que sa sœur aînée eut du mal à le réveiller le matin.

Allait-il parler de cette aventure à Léa?

Il ne voulait pas l'effrayer, mais il fallait savoir si elle aussi avait été suivie, comme Boris l'avait vu.

À la cantine, il osa lui raconter le suiveur barbu et ses cauchemars, en prenant l'air détaché, mais Léa le regarda droit dans les yeux et lui dit:

– Alors, toi aussi? Et moi qui n'osais pas t'en parler. Ça doit bien faire trois ou quatre jours qu'un type nerveux me suit, mais hier, moi aussi je me suis retournée, je suis allée vers lui l'air décidé, du coup il a tourné les talons et il est parti. J'étais fière de moi malgré la trouille. Nous, les enfants, on doit apprendre à se défendre.

– Alors, qu'est-ce qu'on fait ?

– Rien, parce qu'on ne sait rien de ces gars. Si les « grands » copains de Boris se renseignent, on n'a qu'à attendre leurs infos et puis on verra.

– Mais enfin, on n'est pas des enfants de milliardaires intéressants à kidnapper !

– C'est sûrement pas pour ça, mais ce soir, on rentre ensemble, on fait gaffe et on garde la main sur nos portables.

C'était une sage précaution.

Hélas, elle fut inutile.

À peine avaient-ils quitté la place du platane, tourné le coin de la petite rue qui allait vers chez eux que deux hommes costauds et décidés les prirent chacun par un bras et les forcèrent à entrer dans une grosse auto pas très propre, qui sentait le tabac et la sueur et qui fila à vive allure.

Vers 19 heures, la maman de Léa, inquiète, téléphona à celle de Chérif, tout aussi angoissée. Mais non, ils n'étaient pas l'un chez l'autre.

À 19 heures 45, au moment de se mettre à table, pas de Chérif ni de Léa.

– On leur donne jusqu'à 20 heures, après on appelle les gendarmes.

Dans les deux familles, le silence était lourd.

Des larmes commençaient à monter.

– Mais enfin, qu'est-ce qu'il fiche, il pourrait téléphoner, non ?

Chérif et Léa se faisaient beaucoup de soucis depuis plus longtemps que leurs parents, et ni l'un ni l'autre ne pouvait se servir de son téléphone. On les leur avait enlevés tout de suite.

Assez vite, l'auto où ils étaient enfermés avait franchi le portail de la gendarmerie. Ils s'étaient regardés, surpris, et leurs regards, un peu rassurés de ne pas avoir affaire à des bandits, montraient l'étonnement d'être aux mains des gendarmes. Qu'avaient-ils fait de mal ?

On les avait assis chacun dans des espèces de cellules vitrées où le barbu qui avait suivi Chérif leur avait posé toutes sortes de questions en tripotant sans scrupule leurs téléphones portables.

À travers la cloison vitrée, Léa voyait un

garçon très maigre, l'air épuisé, assis sur une banquette comme celle de sa cellule, attaché par des menottes à un anneau scellé dans le mur. Chaque fois qu'elle le regardait discrètement, elle avait la gorge serrée. En regardant au-dessus de son siège, elle avait vu qu'un anneau était aussi fixé au mur. « Heureusement qu'ils ne m'ont pas attachée, j'en aurais fait une crise de nerfs », se dit-elle avec angoisse.

Pendant que Léa et Chérif se morfondaient dans leurs cellules, le capitaine Lesage s'irritait de cette arrestation qu'il reprochait à ses hommes.

– Mais enfin, vous êtes malades, ce sont des mômes que vous m'amenez. Ça n'a pas de sens. Ils sont en CM2 à l'école des Collinettes, y a pas plus tranquille dans la ville.

– Mais, mon capitaine, regardez leurs messages ! Ou bien ça ne veut rien dire, ou bien c'est codé. Tenez, au hasard : « Proparoxyton : accentué sur l'antépénultième syllabe. » Avec cette phrase, le programme de détection informatique fait tilt tout de suite et cherche le code caché. On en a des dizaines à vous montrer de ce genre, avec des pages et des pages d'interprétation par l'ordinateur.

– Faut lui apprendre la grammaire à votre ordinateur, parce que moi je peux vous dire que les paroxytons et les proparoxytons ça m'a sacrément fait suer au lycée.

– Comme ces textes mystérieux étaient communiqués avec des portables, c'était facile de les localiser et de savoir nom et adresse des propriétaires, de les surveiller pour essayer d'en savoir plus. C'est notre boulot, non? On les a filés et amenés pour savoir si ça cachait quelque chose de louche.

– Et, à ce que j'ai compris, les deux mômes ont assez vite repéré vos filatures... Faut se méfier des écoliers de nos jours, ils savent tout très vite. Et vous avez compris ce que cachent ces deux gamins ?

– Pas vraiment. Vous pouvez vous moquer de nous, n'empêche que notre système de repérage a marché et qu'on les a vite localisés.

– Des CM2 ! Allez, c'est pas tout ça, appelez les parents, rassurez-les car ils doivent les chercher partout et demandez-leur de venir les récupérer.

En attendant, amenez les gosses ici, que je leur parle un peu gentiment, pour qu'ils ne gardent pas un trop mauvais souvenir. Un séjour à la gendarmerie à leur âge, ça leur restera en mémoire, essayons de rendre le souvenir acceptable et que, plus tard, ils le racontent avec humour.

Quand Léa et Chérif entrèrent dans ce grand bureau, ils n'en menaient pas large, et puis la soif, la faim, la fatigue commençaient à peser. Il y avait quatre gendarmes dans la pièce et deux jouaient avec leurs téléphones. Ils lisaient les mots collectionnés en rigolant. L'un se tourna soudain vers Chérif :

– « Chrestomathie » ?

Un peu bredouillant, Chérif répondit quand même du tac au tac :

– Recueil de textes à apprendre.

– Touché-coulé, dit le plus âgé des trois. Bravo, mon petit gars. Je suis le capitaine Lesage, de la Gendarmerie nationale. On a appelé vos parents et vos papas arrivent, je vous expliquerai tout devant eux pour éviter qu'ils vous grondent par-dessus le marché. Pour ce soir, vous en avez assez supporté, et courageusement, je dois le reconnaître. Mais en attendant, expliquez-nous cette histoire de mots échangés entre vous. Il n'y a que vous deux dans le groupe ?

– Oui, monsieur le capitaine, on fait équipe Léa et moi pour collectionner des mots.

Et Chérif, malgré la fatigue, raconta sa passion. Léa expliqua que les mots étaient à la fois amusants et vivants. Les hommes qui les avaient arrêtés écoutèrent cette étrange histoire qui avait défié les savants algorithmes et affolé les logiciels de détection des complots. Chérif et Léa avaient vraiment de quoi passer pour des comploteurs avec leurs dialogues à base de « gourbillage » et d'« eutrophie », de « mogigraphie » ou de « scarificateur ». Les machines avaient cru à un langage secret, ne sachant pas les secrets du langage.

Quand les papas arrivèrent, personne ne savait comment se comporter.

Les enfants avaient une folle envie de courir embrasser leur papa.

Les pères se demandaient s'ils devaient avoir l'air sévère, furieux, angoissés, s'ils devaient gronder leurs enfants ou présenter des excuses.

Le papa de Chérif était de nature calme et désireux d'éviter les histoires, celui de Léa acceptait mal qu'on ait enlevé sa petite fille chérie en pleine rue à la sortie de l'école.

Heureusement, le capitaine Lesage était un homme qui savait écouter et expliquer. Ce qu'il fit. Et il termina son petit discours par une question aux enfants :

– Avez-vous dans vos carnets « bertillonnage » et « monodactylaire » ?

Devant les yeux écarquillés et l'air perdu de Léa et Chérif, le capitaine expliqua en souriant : « C'est grâce à un certain M. Bertillon qu'on connaît l'intérêt des empreintes digitales et quand on relève celle d'un seul doigt, l'empreinte est appelée monodactylaire. »

Il était temps de regagner les foyers inquiets et curieux. Les soupers familiaux furent bavards avant que les héros du soir ne tombent de sommeil.

Le lendemain matin, Boris, qui savait déjà tout (c'est l'avantage quand on habite chez les gardiens de l'école), se précipita vers Chérif :

– Je t'avais prévenu, pas vrai ? Alors, comment c'était à la gendarmerie ?

– Bof, leurs bureaux sont pas terribles !

Boris espérait un récit plus mouvementé, mais Chérif en avait assez de cette histoire et, en bon lecteur, il voulait tourner la page, tout en se réservant cependant de satisfaire un peu plus tard la curiosité de son copain, qui avait découvert le premier le début de cette étrange affaire.

SANS ABRI, C'EST PAS UNE VIE

Avant de quitter l'école ce soir-là, Aïcha arrêta Boris :

– Je voudrais te parler, on va attendre que les autres soient sortis.

Boris sentit une sorte de coup de chaleur sur ses joues devenues rouges.

– Avec les copines de la Compagnie du 42, on aurait besoin de toi et des Associés du Grand Platane. Tu connais ce grand ensemble, de la rue des Pins, il est plein de coins et de recoins…

– … avec quelques trafics aussi, je connais.

– Depuis deux mois, dans un recoin vraiment reculé, s'abrite une femme sans domicile qui s'appelle Édith. Je te raconte pas sa vie, ça serait trop long, mais avec les copines on s'en occupe un peu, on va lui parler, Nadia qui habite là au rez-de-chaussée lui passe une rallonge pour recharger son portable, ma mère lui fait de temps en temps une lessive, enfin on s'en occupe comme on peut, mais elle est fière et elle nous dit de la laisser.

– C'est bien, ce que vous faites. Dans notre groupe, il y a Abel qui habite là, tu peux commencer à lui en parler.

– Attends, je t'explique. On a lu dans un journal l'histoire d'un certain Arthur, tu en as peut-être entendu parler, un garçon de Cambrai, qui a décidé d'aider les sans-abri en faisant des peintures qu'il vend pour gagner des sous pour eux. Il paie des sandwichs chez le boulanger du quartier par exemple et il donne aussi des fonds à des associations. Il a neuf ans et ça marche. Nous aussi, nous aimerions faire quelque chose pour Édith et les sans-abri.

Boris se gratta la tête, peu convaincu.

– Ouais, c'est super, mais faut savoir peindre.

– Y a pas que la peinture, on peut faire autrement, trouver d'autres moyens pour récolter des sous ou des produits utiles. En voyant comment vit Édith, toutes les difficultés qu'elle a, on s'est dit que nous, au 42 de la rue des Pins et vous, les Associés du Grand Platane, on pourrait lancer une action pour les sans-abri. C'est affreux de pas avoir de maison, même pas d'abri, toujours dehors, sans protection, tu trouves pas ?

– Ça, c'est sûr, mais y a des associations qui s'en occupent, nous on est que des enfants.

– Justement, comme enfants on étonnera plus de monde et après on se tournera vers les organismes pour agir, comme a fait ce garçon de Cambrai. Avec les copines du 42, on est choquées de voir que les gens semblent s'en ficher alors qu'on a tout ce qu'il nous faut, et eux, rien. Ça te choque pas, toi ?

– Ben, si, mais faut qu'on en parle entre nous, réfléchir à ce qu'on peut faire à notre âge. Les Associés, on se réunit tous les mercredis et dimanches en fin d'aprèm', sous notre platane, t'as qu'à venir nous expliquer votre idée.

Le mercredi suivant donc, vers 18 heures, Aïcha arrive au pied du Grand Platane avec Alice. Elles ont préféré être deux pour parler aux garçons, c'est pas qu'elles sont timides, mais les Associés commencent à impressionner avec toutes leurs aventures, même si eux ne s'en rendent pas compte. Comme Boris les a mis au courant, ils accueillent gentiment les deux filles de leur classe.

Mises en confiance, elles racontent, expliquent la vie d'Édith comme elles la voient, ce que des habitants du 42 font pour l'aider, comment elles ont contacté des associations d'aide. Abel pense que l'équipe du 42 a une idée derrière la tête et il leur demande comment elles pensent s'y prendre pour aider cette Mme Édith. Aïcha répond que ce n'est pas seulement pour Édith qu'elles sont venues, mais parce qu'elles voudraient agir pour les femmes et les enfants qui vivent dans la rue. L'histoire du jeune Arthur et de ses peintures les a marquées.

– Si on s'y met toutes et tous, et même toute l'école, on pourrait vraiment les aider et faire du buzz, « une école se mobilise pour les sans-abri », la télé et le journal en parleraient et on aurait de plus en plus de moyens pour arranger leur vie. Et vous, vous avez l'habitude de remuer le quartier.

– Houlà, houlà, c'est gentil de nous dire ça, mais vous ne rêvez pas un peu, l'équipe du 42 ? On n'est pas des spécialistes de la pub, juste des copains, reprend Abel. Moi, le 42, je le connais, j'y habite, et pour remuer seulement les gens du palier, tu dois au moins essayer de provoquer un tremblement de terre. Alors, tu parles comme ils vont bouger pour des « clochardes », comme ils vont te dire à tous les coups.

– Écoute, Abel, on sait tout ça, on en a parlé entre nous. C'est pour ça qu'on s'est dit qu'avec vous dans le coup, les choses seraient plus faciles. Mais si vous ne voulez pas, tant pis, on se débrouillera toutes seules.

– Attends, t'énerve pas, dit Abel, faut qu'on en parle entre nous d'abord. Qu'est-ce que vous en dites, les gars ?

Visiblement, comme aventure, les gars en question auraient préféré un stage de plongée sous-marine ou un safari-photo au Kenya, mais l'équipe du 42 était sympa et c'était bien vrai que vivre à la rue, c'est rude.

– Allez, on marche avec la Compagnie du 42, dit fermement Boris qui se sent un peu responsable de cette rencontre.

– Tout le monde est d'accord ? demande Abel.

– Oui, quoi qu'on fasse, ça sera utile, mais faut pas voir trop grand, on n'est pas la Croix-Rouge.

Après cette sage remarque d'Éric, tout le monde acquiesça.

Et la machine à lancer les projets dingues des Associés se mit en marche !

Ce qui ne se passe généralement pas sans des aventures imprévues… Comme vous allez le voir.

– Bon, alors, pour commencer, dit Abel le sage, on se donne le temps de réfléchir, de voir des associations qui s'occupent des sans-abri, on amène des idées et des remarques la semaine prochaine. On ne va pas se lancer comme ça tête baissée. Aïcha et Alice, vous devriez faire comme nous, inscrire votre Compagnie du 42 à la Maison des Jeunes. Ils donnent des bons conseils et en étant inscrits, ils nous aident en cas de problème. Vous avez déjà un nom tout trouvé.

– Ouais, bonne idée, c'est vrai qu'on aime bien ce nom-là.

– En plus, tout le monde vous appelle comme ça, répond Boris.

– Bon, alors, on réfléchit, on se renseigne et on se retrouve mercredi prochain pour décider de notre action.

Vous auriez demandé aux Associés s'ils avaient un chef, ils vous auraient regardé avec de grands yeux et répondu « Un chef ? Non. Pas besoin, on s'entend bien. » Et ils auraient dit vrai, ils n'avaient jamais pensé à désigner un chef. Selon ce qu'ils entreprenaient ensemble, l'un ou l'autre était plus ou moins responsable en fonction de ce qu'il savait le mieux faire. Pour la nature, c'était David, pour les écrits, c'était Chérif, pour la débrouille, c'était Boris, Éric se chargeait de parler aux adultes, Farouk trouvait toujours comment s'organiser et pour exprimer les décisions communes, c'était Abel qu'on écoutait. Il ressentait le premier si le groupe était d'accord, hésitait ou refusait et quand il disait « on y va » c'était que tous étaient prêts à marcher ensemble.

Alice, intuitive et d'esprit vif, avait vite compris qu'Abel exprimait la pensée collective. Aïcha, elle, plus combative, aurait voulu davantage d'enthousiasme pour son projet. Alice l'avait rassurée :

– Il y a quelque chose de magique dans ce groupe, tu l'as bien vu, ils sont là, en rond, au pied de leur arbre, ils rigolent, se bousculent, mais quand ils le décident, ils réussissent. Rappelle-toi tout ce qu'ils ont déjà fait dans le quartier. Alors, on va déclarer notre Compagnie à la Maison des Jeunes, réfléchir entre nous et revenir mercredi. Nous et eux, ça marchera à fond, c'est sûr.

Peut-être qu'Alice exagère un peu en parlant de magie, mais quand un projet est dans les têtes des six copains, chacun y pense, en parle, écoute les conseils ou les suggestions et quand tout se met en commun, le puzzle se constitue.

Abel pense depuis la rencontre du mercredi que leur projet devra déboucher sur un relais adulte, parce qu'il y a beaucoup de situations que des enfants ne peuvent pas assumer : actions de nuit, conseils administratifs, relations agressives ou alcoolisées et autres. Il se renseigne donc toute la semaine sur les associations et les organismes de la ville qui s'occupent des sans domicile fixe. Quand il évoque le projet, on lui explique que c'est une affaire de grands, mais que c'est bien de s'y intéresser à son âge. Il a l'habitude de cette réaction : peu de gens prennent les enfants au sérieux.

Farouk, lui, de son côté, a passé pas mal de temps à faire des approches pour mobiliser le garage de la maison familiale : il donne sur la place et la famille n'a pas de voiture. Farouk se dit que, pour recueillir des dons ou entreposer des produits, ce serait bien. Grâce à sa maman, il a presque réussi à convaincre son père. Il a promis de progresser nettement en maths pour arracher la décision. Il faut ce qu'il faut pour réussir ! Sa maman, qui est la reine des gâteaux secs, a évoqué l'idée de relancer leur confection de façon presque industrielle.

Boris, l'air de rien, va parler aux jeunes du 42 rue des Pins, qu'il a connus en colonie de vacances, et qui traînent dans les halls et recoins du grand ensemble d'immeubles, pour qu'ils n'interprètent pas mal l'opération Édith et même donnent un coup de main. Il prépare aussi le terrain en disant quelques mots du projet à Élodie et Sébastien, sa famille d'accueil et les gardiens de l'école. Sébastien trouve le projet généreux mais Élodie est plus réservée. Boris n'a pas besoin d'être mêlé à des embrouilles et doit sérieusement améliorer ses résultats avant la sixième. Boris est bien d'accord et approuve tout ce qu'on lui dit, d'autant plus qu'il entend souvent ces recommandations. Il a l'habitude, comme on dit.

Chérif s'est confié à ses grandes sœurs qui trouvent ce projet très bien et proposent leur aide, ce qui lui évitera d'en parler trop à ses parents. Son papa n'aime pas beaucoup que son fils se mêle de choses qui ne le regardent pas !

Éric en a parlé avec ses grands-parents, chez qui il passe le week-end. Sa grand-mère lui a parlé de ce que font ses amies du Secours Catholique et son grand-père lui a donné une idée qu'il a bien l'intention de proposer le mercredi.

– Quand j'étais aux scouts, j'étais un peu plus âgé que toi, y a longtemps tu vois, on avait participé à une opération nationale pour les pays pauvres, ça s'appelait « Scouts contre la faim ». On devait gagner des sous pour constituer des colis types pour l'agriculture, la santé, l'école et l'outillage. Les colis étaient normalisés, on n'achetait pas n'importe quoi avec ce qu'on avait gagné. Vous c'est différent, mais l'idée de créer des petits colis selon les besoins des sans-abri qu'on vous aura indiqués, ça peut simplifier la collecte.

– Bonne idée, papy, et toi, tu avais gagné tes sous comment ?

– Je n'étais pas tout seul, on était en équipe, on avait fabriqué des cendriers en cuivre martelé, je te montrerai si j'y arrive encore. Aujourd'hui, il faudrait trouver autre chose, parce qu'inciter à fumer, c'est malsain et mal vu ! Mais y avait des milliers d'activités dans toute la France.

– Et tous ces colis étaient envoyés en Afrique ?

– Ils étaient rassemblés près de Paris et puis les contenus étaient regroupés. Il y avait eu une fête où Enrico Macias avait chanté *Enfants de tous pays* avec un groupe de filles qui s'appelaient Les Collégiennes de la Chanson. Je n'y étais pas, mais en cherchant bien, je retrouverai peut-être un disque 45 tours.

– Dans ce groupe, il y avait une chanteuse que j'aime bien, Mannick, ajoute Mamie qui n'oublie jamais de mettre les femmes en valeur auprès de son petit-fils.

– Je vais raconter ça à nos copines de la rue des Pins, des fois qu'elles chantent...

Les copines en question travaillaient de leur côté à la recherche d'idées et de moyens.

Nadia avait sondé Édith : après tout, c'est elle qui connaît le mieux les besoins et les difficultés des sans-abri. Comme des habitants avaient vu que certains d'entre eux s'intéressaient à « la clocharde », on avait déjà pu améliorer un peu son sort : le syndic des immeubles n'avait pas protesté quand on lui avait demandé d'autoriser l'accès à une ancienne chaufferie désaffectée où elle s'était un peu mieux « installée ». Un sommier et un matelas plutôt que des cartons, une vieille commode pour que ses habits ne prennent pas l'eau et une clé pour accéder au point d'eau et de toilette du service d'entretien des immeubles.

Le papa de Nadia, qui s'était beaucoup occupé de ça, répétait souvent que si chaque grand ensemble mettait à la disposition de la collectivité un ou deux petits studios dans des recoins de rez-de-chaussée inutilisés, on logerait vite des milliers de sans-abri.

Édith était très fatiguée, elle redoutait cette agitation autour d'elle. Une assistante sociale avait expliqué à la maman de Nadia que la vie dans la rue déséquilibre, crée un état d'angoisse et qu'Édith cherchait avant tout à être oubliée, ignorée, cachée. Mais elle avait quand même parlé longuement à Alice, Nadia et Aïcha. Elles avaient retenu que, à vivre dans la rue, on manque toujours de moyens d'hygiène, de confort personnel, de médicaments ordinaires.

Et pour Édith particulièrement, de livres ! Édith demandait des livres pour lire dans la journée et même le soir tant que le jour le permettait. Elle les dévorait ! Mais, comme elle les trimbalait avec elle dans ses sacs, elle prenait soin de les recouvrir méticuleusement avec du papier d'emballage, pour ne pas les salir en les lisant.

– À l'école, quand j'étais petite, on nous apprenait à bien recouvrir nos livres pour qu'ils servent plusieurs années. J'aime faire ça. Les livres sont magiques, ils nous amènent n'importe où, n'importe quand, alors je les soigne, je les habille, je les décore.

Le mercredi suivant, grand conseil autour du platane. Les sept filles du 42 étaient toutes là, ce qui intimidait un peu nos Associés, moins chahuteurs que d'habitude : un avantage pour prendre des décisions sans perdre de temps. La Compagnie du 42 avait précisé son projet : il s'agissait de soutenir Édith, mais surtout de s'intéresser aux femmes et aux enfants sans-abri, à leurs besoins particuliers.

– Comme nous sommes des enfants, précise Marie, toujours calme et appliquée, ce sera plus facile pour nous d'en parler et de prendre des contacts.

– Et puis, reprend Alice, pragmatique, il sera plus facile d'obtenir ce que nous voudrons collecter. Les gens sont sensibles aux bébés, aux mamans, aux petits enfants.

Les garçons étaient bien d'accord avec ça, eux-mêmes avaient longuement discuté des difficultés à aider des grandes personnes sans domicile, toujours sur leurs gardes, quand on n'est soi-même encore qu'un petit gabarit de onze ans.

On s'accorda assez vite sur l'objectif visé : des produits sanitaires, des petits pots, du lait, des couches pour bébés, tout le nécessaire pour l'hygiène. Cela avait l'avantage de ne pas être encombrant ou périssable et aussi d'être clair aux yeux des donateurs qu'on allait solliciter.

Abel avait apporté des listes que distribuent les associations d'aide, Chérif proposa de réécrire tout ça en une seule liste un peu plus poétique : « comme le poème de Jacques Prévert qu'on a appris, vous voyez ? avec le raton laveur », tout le monde connaissait ce poème ponctué par cet animal bien connu mais rarement vu.

Quand Farouk annonça que ses parents voulaient bien prêter le garage de leur maison, on applaudit joyeusement. Le projet devenait concret : il avait un lieu, on pourrait le dire, ça n'était plus des idées en l'air.

Éric proposa alors ce que lui avait suggéré son grand-père : trouver un emballage unique simple et commode, pour ranger facilement et plus pratique pour les donateurs. Cela donnerait une touche originale à ce qu'ils voulaient faire.

– Et pourquoi pas du genre grosse trousse de toilette, y en a des pas chères, beaucoup sont distribuées comme objet publicitaire, tout le monde en a d'inutilisées dans les tiroirs et puis c'est plus gai que des cartons ou des sacs en papier. On peut même donner un patron pour en fabriquer avec des chutes de tissus.

L'idée fut acceptée tout de suite. Mais il y avait encore beaucoup de travail pour mettre le projet en route : comment l'organiser, le faire connaître, préciser les produits sollicités, obtenir l'appui des adultes du quartier.

– Qu'est-ce qu'on fait pour Édith ? Au départ, c'est pour elle qu'on s'est mobilisé, et on l'oublie en route ! s'alarma Aïcha.

– Moi je propose que nous en parlions toutes et tous partout, on trouvera peut-être une solution dans le quartier mieux que dans le local du 42. Je vais en parler à Damien Chiche, du Conseil municipal des jeunes, proposa Éric, spécialisé dans les relations publiques du groupe. Il est toujours prêt à foncer.

– Et moi, je vais en parler à Élodie, elle est copine avec l'assistante sociale, dit Boris.

– Ma sœur qui étudie le droit pourrait peut-être faire quelque chose, dit Chérif à son tour.

Cet échange de propositions des garçons, débité à grande vitesse, avait impressionné les filles qui se demandaient encore un peu au fond d'elles-mêmes si ces joyeux drilles étaient vraiment capables des exploits qu'on leur attribuait.

Les jours passaient, les idées se précisaient, mais pour l'instant ce n'était que des mots, des suggestions, des contacts. Un jour, les filles de la Compagnie du 42, un peu impatientes, avaient dit à Abel qu'il fallait commencer à concrétiser leur projet et fixer une date pour le lancer.

Abel leur avait rappelé que la classe avait été en contact avec Thomas Pesquet, l'astronaute, et que depuis, les Associés du Grand Platane avaient décidé de s'organiser comme dans une capsule spatiale : chacun son boulot dans son secteur, et, à la fin, tout va bien. Elles avaient bien aimé les contacts avec Thomas Pesquet, mais n'étaient pas très convaincues par le discours d'Abel.

À les voir, les six Associés du Grand Platane étaient comme tous les garçons de CM2, ils jouaient, bougeaient, discutaillaient, faisaient du sport, parlaient foot ou basket, mais quand ils avaient quelque chose de précis à faire, ils le faisaient tranquillement, à leurs heures et se le disaient en quelques mots à la récré.

Aussi, quelques jours plus tard, quand Boris demanda à Aïcha si Édith, à son avis, accepterait de loger dans la petite chambre du rez-de-chaussée chez Mme Adélaïde, elle ne douta plus que quelque chose de pas banal allait se dérouler à l'ombre du Grand Platane. Tout le monde connaissait Mme Adélaïde depuis qu'elle avait fêté ses cent ans avec tout le quartier.

– L'assistante sociale qui s'occupe d'elle a eu cette idée, cette chambre est inoccupée, Mme Adélaïde ne veut pas la louer « pour ne pas avoir d'ennuis », dit-elle, mais si les services sociaux se chargent d'Édith, elle est d'accord « pour rendre service ». Tu crois que ton Édith voudra avoir une chambre et donc aussi moins de liberté ?

– Je crois que oui, surtout si l'assistante sociale lui en parle. En ce moment elle va assez mal, elle doit se soigner et pas question qu'elle accepte l'hôpital, parce que son « amoureux d'autrefois est mort à l'hôpital il y a longtemps ». On ne peut pas lui enlever cette idée de la tête.

– Une infirmière vient soigner Mme Adélaïde tous les jours, elle acceptera peut-être de donner un coup de main à Édith de temps en temps, sans la bousculer.

– Moi, je suis allé plusieurs fois l'observer sans me faire voir, révéla Abel, et j'ai compris qu'elle a sa façon de vivre à elle et qu'on doit respecter ça.

– Tu l'as espionnée ?

– Appelle ça comme tu veux, mais pour rendre service, il faut comprendre. Tu sais, le 42 de la rue des Pins, j'en connais tous les recoins, j'y ai fait mes premiers pas, et, comme tu vois, je ne suis ni grand, ni gros, ni fort, je passe inaperçu, alors je peux me faufiler partout comme un jeune qui va et vient dans sa cité. Mais tu gardes ces confidences pour toi, parce que je ne voudrais pas que les trafiquants des bas d'immeubles me repèrent. Je sais des trucs qui les embêteraient beaucoup.

– Promis, je ne dirai rien, mais j'aurais pas cru ça de toi si un autre me l'avait dit.

– On a tous nos secrets, toi aussi tu dois avoir les tiens. Bon alors, tu t'occupes de parler à Édith de son « déménagement » si on peut dire, pour qu'on l'aide à transporter ses fringues et ses bouquins : elle a plus de livres que la bibliothèque de la classe, et du 42 à la maison de Mme Adélaïde, y a un bon bout de chemin.

Maintenant, les filles étaient au pied du mur. Avec les AGP, c'est comme ça, on croit que rien ne se passe, et tout à coup, faut foncer ! Mais approcher Édith, lui expliquer, la convaincre, allait nécessiter beaucoup de tact. En allant voir la vieille dame à deux ou trois, plusieurs fois, en mettant dans le coup deux mamans et le papa de Nadia, en sollicitant l'assistante sociale, qui par ailleurs connaissait bien Boris, elle accepta ce déménagement et cette installation chez la centenaire du quartier, en répétant qu'elle pourrait lui payer sa part d'eau et d'électricité, ce qui fut entendu pour conclure.

Les garçons, toujours désireux de bouger et de se montrer, auraient voulu un accompagnement en cortège, un déménagement en joyeux défilé, mais les filles leur dirent qu'il ne s'agissait pas de faire d'Édith une vedette, au contraire, elle, elle aurait voulu faire ce manège toute seule, en plusieurs nuits, comme elle l'avait souvent fait autrefois. Finalement, le papa d'Anna, qui avait une camionnette, se proposa de régler le problème en une heure, aidé par les filles au départ et les garçons à l'arrivée. Lesquels avaient prévu une petite fête d'accueil, mais devant l'évidente fatigue de la vieille dame ainsi bousculée par l'énergie juvénile de ces enfants, ils s'étaient contentés de ranger ses affaires, ses livres sur les rayons et de lui installer sur la table le pique-nique préparé par la maman de Farouk.

Pendant cette installation, ils avaient observé discrètement cette dame dont ils parlaient depuis des semaines. Son corps montrait une grande lassitude, son regard se perdait dans le vague, elle laissait faire autour d'elle, sauf en ce qui concernait ses livres qu'elle avait voulu classer. Mais si le corps était usé, elle les avait impressionnés par ses efforts d'élégance. Ses habits étaient râpés, mais ils lui allaient bien, et sans arrêt elle arrangeait sa coiffure et son écharpe. Visiblement, elle aurait aimé leur parler, leur faire bonne figure, mais elle n'en pouvait plus.

Aussi les enfants lui souhaitèrent-ils un bon séjour en s'esquivant sur la pointe des pieds. Au fond d'eux-mêmes, il y avait un sentiment de satisfaction car Édith dormirait, pour la première fois depuis longtemps, dans un vrai lit, dans une vraie chambre, dans une vraie maison.

Mme Adélaïde, qui avait suivi de son balcon tout cela, qu'elle avait rendu possible, héla les garçons :

– Alors, c'est fini, les enfants, Édith est installée ?

– Oui, oui, Mme Adélaïde, pas de soucis, tout va bien, ne vous inquiétez pas.

– Merci les enfants, vous êtes de bons gars, à l'occasion passez me dire bonjour. On discutera un peu, et vous pourrez m'accompagner en balade !

– D'accord, à bientôt, au revoir Mme Adélaïde.

Avant qu'ils se séparent pour rentrer chez eux, Abel les arrêta sur le trottoir et déclara :

– On est « des bons gars », les copains ! Opération Édith achevée, et maintenant opération trousses !

Le soir même, Damien Chiche, du Conseil municipal des jeunes, qui n'était pas du genre à lâcher une affaire, téléphona à Éric :

– Alors, votre projet ?

– Ça avance, on vient justement d'installer Édith chez Mme Adélaïde qui prête une chambre.

– Formidable ! Fallait me le dire, je serais venu avec Léon Honoré, le journaliste de *L'Éclair* qui s'occupe du quartier. Tu te rappelles ?

– Oui, il était là après la descente de rivière, mais c'est impossible pour l'instant, Édith a besoin de calme ! Et Mme Adélaïde en a marre qu'on la traite de centenaire.

– Mais toi, tu peux lui raconter ? Je te l'envoie demain à 11 heures 30, à la sortie de l'école, sous le platane, ça marche ?

– Hé, ho, mollo, je suis pas tout seul, faut que j'en parle aux autres et pour Édith, on lui fout la paix.

– Tu verras avec lui, c'est ton problème, mais vous pouvez pas rester sans rien dire, vous avez le devoir d'informer de vos faits et gestes...

– Tu parles, c'est pour la pub du Conseil municipal des jeunes, me prends pas pour une bille.

– Mais c'est aussi bon pour votre projet, non ? Alors, demain 11 heures 30, je tâcherai de venir. Ciao Éric.

Le pire, c'est que Damien Chiche avait raison, c'était peut-être l'occasion de lancer le deuxième acte de l'action prévue, il n'était pas pour rien en Terminale cinéma. Interrogés le matin en arrivant à l'école, les Associés et la Compagnie tombèrent d'accord pour l'interview. Abel et Aïcha viendraient avec Éric pour répondre au journaliste.

On allait lancer le deuxième acte en fanfare !

Il faut dire que Léon Honoré est un finaud, il avait vite compris qu'avec ce nouveau projet des petits jeunes du gros platane, il tenait plusieurs articles qui plairaient au rédacteur en chef : des gamins qui font des bonnes actions pour les mamans et les bébés sans-abri, c'est du gâteau journalistique.

Et de cela, Aïcha, Éric et Abel avaient bien conscience. Maintenant, ils étaient prêts : ils avaient la liste des objets sollicités, la maman de Louise avait dessiné une guirlande de trousses multicolores sur leurs affiches placardées dans toute la ville, le trésorier de la Maison des Jeunes avait ouvert une caisse spéciale pour recevoir les dons, le garage de Farouk était rangé et en ordre de marche, le papa d'Éric avait fait un tableau des présences aux heures de recueil des dons, une fille de la Compagnie et un garçon des Associés à chaque fois, alors Léon Honoré n'avait pas intérêt à poser des questions oiseuses : on avait de la matière à lui donner !

Et ce fut une réussite.

Plus de bébé à la rue !
déclarent les élèves de l'école des Collinettes.

Soit les écoliers avaient été particulièrement clairs, soit Léon Honoré comprenait vite et bien. Toujours est-il que l'opération prévue était présentée clairement, avec une belle photo du Grand Platane due à l'œil de Maurizio, le photographe historique de *L'Éclair*. Il aurait préféré les bouilles joyeuses des interviewés, mais pas question, avait dit Abel sèchement : « Notre totem, c'est le platane. »

Plus moyen de reculer, c'était parti. Dès l'ouverture du point d'accueil des donateurs dans le garage de Farouk, on faisait la queue. Abel et Aïcha inauguraient la collecte. Et ils eurent la joie d'accueillir en premier Mme Champoussin et M. Duroc qui avaient tenu à montrer leur soutien. Mme Champoussin avait apporté un plein sac de petits pots pour bébé : « Je les ai choisis très variés, les enfants doivent apprendre dès le plus jeune âge à manger de tout. » Une attention dont Abel la remercia chaleureusement. M. Duroc, encore un peu boitillant, avait choisi de quoi se soigner : anti-douleur, désinfectant, médicaments contre la toux, le mal de gorge, les allergies... Aïcha lui demanda avec un grand sourire s'il avait dévalisé une pharmacie, mais, en bon motard, il déclara que cet assortiment était recommandé pour les voyages à moto. Abel pensa que les bébés motards étaient encore rares, mais il n'en dit rien et remercia avec empressement.

Les donateurs avaient bien compris les intentions des jeunes et en fin d'après-midi, des trousses de toilette de toutes formes, couleurs et dimensions se mêlaient dans de grands cartons, des couches pour bébés s'empilaient sur des étagères, des produits de beauté et d'hygiène étaient rangés dans des cageots, les savonnettes parfumaient le fond du garage et des assortiments de friandises promettaient de jolis sourires de bambins.

Bien sûr, Léon Honoré et Maurizio étaient venus au moment de la plus grande affluence, ils avaient recueilli des témoignages, attrapé quelques jolies phrases... Bref, la phase d'accumulation de dons et de produits était bien lancée. Encore deux après-midis comme celle-là et les jeunes pourraient passer la main aux associations sollicitées pour la répartition et la remise des trousses aux bénéficiaires. Abel avait commencé à en parler à Léon Honoré :

– Notre but, c'est aussi de rappeler aux gens et aux autorités que les sans-abri sont toujours là, et que les solutions pour qu'ils échappent à la rue ne sont pas suffisantes. C'est vous qui pouvez le dire, nous, enfants, écoliers, on peut rendre quelques services et le faire savoir, mais c'est tout.

Le journaliste trouvait que pour ça, ils savaient sacrément bien s'y prendre, mais il comprenait le message d'Abel : les enfants lançaient des cris d'alerte, mais ils avaient leur vie d'enfants à vivre : jouer, apprendre, grandir...

– Vous pouvez compter sur moi, on va faire du bruit et Maurizio a un super reportage sur les sans domicile, on va essayer de le proposer en feuilleton au journal pour le mois prochain.

– Merci beaucoup, monsieur Honoré, nous on peut pas en faire beaucoup plus.

– T'inquiète pas, vous avez déjà fait le plus gros. Tiens, voilà justement monsieur le maire qui passe, guidé par votre copain Damien Chiche, toujours au bon endroit.

Léon Honoré et Maurizio s'approchèrent vivement de l'élu municipal.

« Décidément, se dit Abel, ça marche. »

Monsieur le maire ne put échapper au journaliste et au photographe, et il n'essaya pas. D'abord un peu bougon que ce Damien Chiche l'ait entraîné jusque-là, il ne cacha pas son étonnement admiratif devant les stocks accumulés par les enfants dans ce petit garage privé. Et Boris et Alice, dont c'était l'heure de présence, lui dirent avec un sourire désarmant : « Ça ne fait que commencer, monsieur le maire, on a encore deux après-midi de collecte avant les distributions aux sans-abri. »

Force est de reconnaître que cet effort réussi commençait à faire réfléchir le maire de la ville qui jusque-là avait laissé la police municipale et les services sociaux s'occuper du problème. Il félicita tout le monde, dit au revoir et s'éloigna, pensif.

– Tu as vu, dit Damien à Abel, j'ai réussi à amener le maire !

– Ouais, pour ça t'es le meilleur, bravo, et vraiment merci. Si la municipalité se met en route, ça avancera.

À la fin du troisième mercredi, on ne pouvait plus guère circuler dans le garage de Farouk et tout le dimanche était retenu pour confectionner les centaines de trousses prévues. Un travail à la chaîne supervisé par trois mamans infirmières, un gigantesque casse-croûte cuisiné par la maman de Farouk, des filles et des garçons qui allaient, venaient, rigolaient, chantaient des refrains. C'est qu'à 17 heures les camionnettes des associations qui aidaient les sans domicile étaient attendues, en présence de Léon Honoré et de Maurizio.

Les Associés auraient aimé une grande fiesta, mais on leur avait prêché la discrétion et le respect des bénéficiaires qui n'avaient sans doute pas envie de défiler devant tout le monde !

– Les adultes ont raison, dit Abel, nous avons atteint notre but, on a fait un gros boulot, on est content de nous, les Associés du Grand Platane et la Compagnie du 42 ont bien agi et le Conseil municipal a parlé des sans-abri longuement. Pour la prochaine fois, faudra qu'on se trouve quelque chose de plus marrant !

Comme les camionnettes arrivaient, on distribua les trousses, on se parla... Mais au fond d'eux-mêmes, les garçons et les filles sentaient que si on les félicitait parfois, c'était du bout des lèvres : c'était bien que des enfants fassent de telles choses, mais ce n'était quand même que des gosses. Si le monde savait l'énergie qu'il perd en se privant de celle des enfants !

Par exemple, plusieurs filles du 42 avaient vu passer des mamans avec leur bébé qui évoquaient le mal qu'elles avaient à trouver du travail avec leur bout de chou qui se tortillait dans leurs bras. Elles se dirent que le baby-sitting existait depuis longtemps et qu'elles pourraient peut-être lancer quelque chose dans les immeubles :

– On pourrait trouver une appli facile à utiliser et inscrire des disponibilités de jeunes des immeubles pour garder les bébés à certains moments.

– Et si on montait une fête des bébés ?

– Hé, ho, ça va, on n'a pas encore fini les trousses…

Entre les articles du journal, la prise de conscience des élus, la distribution des trousses d'hygiène, la mise en valeur des associations d'aide, quelque chose avait changé dans le quartier des Collinettes et peut-être même dans toute la ville : les sans-abri, les sans domicile fixe, les sans-papiers, les sans-logis, les sans-le-sou et autres démunis n'étaient plus tout à fait regardés de la même façon. Et puis, la plupart connaissaient au moins un gamin ou une gamine à qui parler sans être gêné. Les invisibles et les sans-voix étaient vus et entendus.

Ils allaient l'être davantage encore quelques semaines plus tard.

Certes, Édith avait retrouvé du calme et des forces dans son petit studio, et Mme Adélaïde y veillait du coin de l'œil. Mais tant d'années à la rue, quand il fait très froid ou très chaud, quand le lit est de ciment, la nourriture incertaine, le sommeil superficiel, tant d'années de misère avaient épuisé son corps, et on la trouva, un matin, endormie pour toujours sur son dernier lit. En se sentant partir, elle avait tracé quelques mots au crayon sur la couverture du livre qu'elle lisait et qui était tombé au pied du lit.

« Donnez ce que j'ai aux plus pauvres que moi. Gardez bien mes livres » (ou « *regardez bien* », on lisait mal).

La triste nouvelle se répandit à vive allure. La plupart des enfants du quartier touchaient la mort de près pour la première fois. Tout le monde savait que la présence d'Édith dans les immeubles du 42 rue des Pins avait été à l'origine de la mobilisation des enfants puis de tout le quartier.

Le papa d'Anna, qui avait pris soin d'Édith, déclara à Léon Honoré qu'il fallait des obsèques dignes, en mémoire de tous les indigents qui quittent ce monde sans qu'on les accompagne. Le journaliste écrivit un bel hommage. Même au plus profond de sa misère, Édith ne s'était jamais séparée de la chaîne et de la croix d'or qui dataient de sa première communion. Le curé de l'église du quartier voulut une belle bénédiction pour elle avant que le corbillard n'emporte Édith au lointain cimetière.

Il était 15 heures, Mme Champoussin avait bien voulu accompagner les CM2 sur la place de l'église où beaucoup d'habitants du quartier se rassemblaient. Peu à peu, depuis une heure, tous les « sans » quelque chose de la ville étaient arrivés pour accompagner leur sœur. Tous les invisibles se montraient, petite foule compacte et solidaire. Et quand le cercueil d'Édith sortit, tous les sans-voix, unis, chantèrent le cantique universel *Plus près de toi, mon Dieu, plus près de toi*.

Les paroles disaient bien ce que chacun souhaitait du fond du cœur.

Et beaucoup pleuraient en chantant.

Quand le fourgon funéraire noir quitta la place, il y eut d'abord un profond silence puis l'hommage d'applaudissements fournis pour celle qui avait toujours honoré sa vie.

En retournant à l'école des Collinettes après ces obsèques, les élèves du CM2 avaient gardé le silence. Pour la plupart d'entre eux, la mort était jusque-là quelque chose de vague, d'abstrait. Mais ils s'étaient mobilisés pour les sans-abri, ils avaient connu Édith, l'avaient croisée, ils s'en étaient sentis un peu responsables, et soudain, l'infranchissable distance de la mort les avait séparés d'elle. Bien des questions tournaient silencieusement dans leurs têtes, comme elles tournent dans les têtes de tous les humains. Eux aussi se demandaient : « Et après ? » Mais ils avaient aussi ressenti toute la fraternité qui unissait la foule rassemblée pour cet adieu. Et cela les réconfortait.

Quelques jours plus tard, l'assistante sociale vint voir Boris pour lui demander si les garçons et les filles savaient que faire des maigres affaires de leur vieille amie. Il en parla aux autres et lui fit savoir qu'ils pourraient s'en occuper le mercredi suivant.

Le mercredi venu, ils se rendirent dans la petite chambre chez Mme Adélaïde. Pendant que les autres triaient les quelques vêtements, Chérif s'était bien sûr attelé aux livres qu'Édith avait demandé de garder soigneusement.

Recouverts comme ils l'étaient, ils avaient quelque chose d'énigmatique, de mystérieux. Chérif s'était dit : « On dirait des livres muets. » Il avait donc commencé à enlever délicatement la couverture du premier qu'il avait pris. C'était un petit livret de pensées, de proverbes et de maximes visiblement souvent feuilleté dans lequel il se plongea jusqu'à ce que Boris le secoue :

– Hé le philosophe, y a d'autres livres.

Et Boris en prit un au hasard dont il enleva la couverture avec moins de soin que Chérif, pour qui les mots étaient sacrés.

Mais, surprise parmi les surprises, entre le livre et son enveloppe en papier d'emballage, il y avait un billet bleu de vingt euros !

– Hé ho, j'ai trouvé le coffre-fort d'Édith, je comprends pourquoi elle demandait qu'on prenne soin de ses livres, elle y cachait ses sous !

Chacune et chacun laissa sur-le-champ son occupation pour s'emparer d'un livre à découvrir, au sens propre.

Chaque couverture ne cachait pas un billet, mais à la fin de l'exploration, il y avait tout de même une jolie petite liasse de billets bleus.

– Dommage que ce soit pas des cent euros, déclara Boris.

– Et où tu veux qu'elle ait trouvé des cent euros, Édith ?

– Elle avait bien des vingt euros, elle n'était pas complètement dans la misère.

– M. Duroc nous l'a dit, en France les plus pauvres ont droit à des allocations qui leur permettent de survivre.

– Mais souvent pas assez pour payer un loyer, c'est pour ça qu'ils vivent dehors.

– Et à force d'être à la rue, ils ne peuvent plus en sortir, remarqua Chérif, comme le très vieux barbu qui vit sous le pont de la gare, entre des cartons et deux caddies protecteurs. Nuit et jour, qu'il pleuve ou fasse beau, il ne bouge pas ! Un jour je lui parlerai pour connaître son histoire. Ma sœur m'a dit qu'à force de vivre dehors ils n'ont plus de relations et se referment sur eux-mêmes.

– Nous, tous ceux et celles qu'on a vus, ils ne baissaient pas les bras, et ils voulaient vivre mieux.

– L'assistante sociale nous l'a dit, en France, ils sont environ 300 000 et chaque jour des hommes et des femmes meurent dans la rue. On a vu leur émotion à la cérémonie d'Édith. Et maintenant, nous, on est responsables de ses billets. Pourquoi elle les gardait comme ça, cachés dans ses livres ?

– C'était juste des économies pour un coup dur encore plus grave sans doute, remarqua Aïcha. Elle se sentait un peu rassurée par ces billets bien cachés.

– Qu'est-ce qu'on va en faire ?

– Elle l'a écrit : « Donnez ce que j'ai aux plus pauvres que moi. »

– Tous ceux qu'on a aidés, ils étaient comme elle. C'est qui les encore « plus pauvres » ?

– Bouh, dit Abel, on va pas trouver ça ce soir.

– Moi j'ai une idée, dit Éric, sur les listes proposées par les associations d'aide, on trouvait souvent : radio portative à dynamo ou à recharge solaire. On en trouve sur Internet, mais personne n'en a donné, et la plupart coûtent autour de vingt euros : je propose qu'on en offre aux plus isolés avec les billets d'Édith.

– Vous êtes toutes et tous d'accord avec cette idée ? Bon, on va demander si la Maison des

Jeunes peut s'en occuper. Finissons de ranger ici : les cartons pour la librairie d'Emmaüs, les colis de fringues pour le papa d'Anna qui va passer les prendre pour un vestiaire et, en partant, on donnera les sous à notre compte de la Maison des Jeunes pour les radios et pour que l'assistante sociale attribue le reste selon les besoins. Et puis là, je sais pas vous, mais moi maintenant, j'ai très envie de passer à autre chose. Ce qu'on a fait, c'était super beau et super triste. Mais comme dit M. Duroc, on aime changer d'activité, et celle-là a duré un bon moment !

Et tout le monde reconnut que ces sages propos d'Abel auraient mérité de figurer dans le recueil de maximes, proverbes et bonnes paroles d'Édith.

TAILLER N'EST PAS JOUER

Ce mercredi soir, c'est la panique autour du Grand Platane et le responsable en est David. En allant acheter des daphnies congelées pour ses poissons rouges, il a été détourné de son itinéraire habituel par les travaux d'élagage des arbres du boulevard. Mais ce spectacle l'a désespéré : avec d'énormes tronçonneuses, des hommes juchés sur des nacelles coupaient et recoupaient des branches qui tombaient directement dans une broyeuse. En deux tours de main, un arbre était dépouillé, ratatiné, réduit à quelques grosses branches tournées vers le ciel, comme des bras tendus priant les dieux sylvestres d'arrêter le sacrifice.

Il faut dire que même tailler le gazon fait de la peine à David, alors de voir élaguer ces beaux arbres ne demandant qu'à pousser malgré les gaz d'échappement des voitures qui les enveloppaient toute la journée, ça l'avait retourné. Et en arrivant au pied du Grand Platane pour le rendez-vous du mercredi soir des Associés, un avis placardé contre l'arbre vénérable l'avait mis hors de lui. On y lisait que pour éviter tout risque à la population, le Grand Platane serait taillé la semaine suivante, conformément au plan de rénovation de la végétation urbaine.

En arrivant, chaque associé avait eu droit à sa colère :

– On ne peut pas laisser massacrer notre platane ! J'ai vu comment ils font sur le boulevard. Un carnage. Ici, notre platane ne gêne personne, pousse à son gré, étend son ombre pour tout le monde. Quand quelques branches mortes tombent, le père Antoine les ramasse pour son poêle. Il faut s'opposer à cette exécution.

– Tu charries, là, David. Les gars qui taillent savent ce qu'ils font, c'est leur métier.

– D'accord, mais maintenant on ne fait plus comme ça, on taille juste ce qu'il faut pour éviter les accidents ou pour laisser passer la lumière des lampadaires. Mais ici, ils ont des années de retard ! J'ai cherché sur Internet et j'ai trouvé un guide pour la taille des platanes qui dit tout le contraire de ce qu'ils sont en train de faire. Il faut empêcher ça !

– C'est vrai que ce serait dommage de le raccourcir, dit Farouk en levant la tête pour contempler les branches d'où les feuilles commençaient à tomber en ce début d'automne.

Il faut dire que c'était un bel arbre, majestueux, avec des fortes ramures qui semblaient éternelles et un entrelacs de branches qui poussaient dans un savant désordre pour former une vaste boule de bois et de feuilles. Les plus rêveurs passaient de longs moments à contempler son écorce aux formes multiples et changeantes où l'on pouvait distinguer tantôt les contours d'un continent imaginaire, tantôt la silhouette fantomatique de quelque divinité des bois. Il était le témoin silencieux des exploits des Associés qui l'avaient choisi comme leur emblème.

– Qu'est-ce que tu proposes ? demanda Abel à David, pratique.

– Lancer une campagne et obtenir des appuis célèbres.

– D'ici la semaine prochaine ça va être juste ! Et tu vois ça comment ?

– Contacter Alain Baraton, il est jardinier du château de Versailles, le château de Louis XIV, c'est pas n'importe qui ! Quand je suis en week-end chez mes grands-parents, on l'écoute le matin, même que ma grand-mère elle dit toujours « quel baratin ce Baraton », ce qui fait chaque fois lever les yeux au ciel à mon grand-père. Des arbres, à Versailles, il y en a plein et il est contre la taille sauvage. On peut lui mettre des messages à France Inter ou sur son blog, ou chez son éditeur, j'ai tout noté.

– Et tu crois qu'il va faire quelque chose pour notre pauvre platane de l'école des Collinettes au fin fond de notre quartier paumé ?

– Attends, par mon père, on peut aussi contacter l'association Arbres, pour la sauvegarde des arbres remarquables. Sauvegarde, ça veut dire sauver et garder non ?

– Parce que tu crois que notre platane est un arbre remarquable ?

– Ça se voit bien, non ? Et les arbres, ils en ont marre qu'on les maltraite. Vous savez qu'ils communiquent entre eux, pour pas se gêner, et nous on les taille sans réfléchir. Il faut réagir !

– On pourrait aussi le faire participer au concours de l'Arbre de l'année ? propose Éric. J'ai vu ça dans un magazine : on photographie l'arbre, on raconte son histoire et hop ! Les gens votent sur Internet pour leur préféré.

– Bon, d'accord, on s'y met, assez parlé !

Et tous d'approuver ! Que voulez-vous, les Associés du Grand Platane sont comme ça, on ne peut pas les changer, quand ils sont tous d'accord, ils se mettent en marche et pas moyen de les arrêter. Ils le disent eux-mêmes : « comme dans la capsule spatiale, chacun son boulot, et tous ensemble » ; il faut dire que les récits de Thomas Pesquet avaient fait forte impression dans la classe. À la récré, le nouveau jeu des astronautes en capsule faisait fureur. Il consistait à se déplacer à toute vitesse dans un recoin du préau de l'école en portant quelque chose d'un coin à un autre, sans se toucher. Plus le jeu avançait, plus il fallait aller vite, mais sans courir, comme les astronautes au travail en apesanteur dans la capsule spatiale.

Voilà donc les Associés en orbite pour sauver le Grand Platane, chacun doit faire vite dans son domaine. David, aidé de son père, doit contacter Alain Baraton et alerter l'association de sauvegarde des arbres remarquables. Éric est chargé, comme d'habitude, des contacts avec la mairie. Toujours tranquille et à l'aise, on l'écoute et généralement il obtient satisfaction. Mais pour ce coup-ci, il se dit que ça sera dur, car il s'agit de remettre en question la méthode des employés municipaux ! Chérif, le roi des mots, fera des affichettes avec des phrases choc pour mobiliser les passants ; il est aussi chargé d'inscrire le platane sur le site pour le concours de l'Arbre de l'année. Et là, il aura besoin de toutes les aides pour bien le décrire et rassembler les photos pour illustrer la candidature.

Boris se charge de ramener des manifestants le jour J – il connaît tout le monde –, Farouk, qui habite sur la place, fera le tour des habitants et Abel se chargera des discours !

Éric commence par téléphoner à Damien Chiche, ancien élève des Collinettes, qui siège au Conseil municipal des jeunes. Il connaît du monde et il aime se montrer actif :

– Mais enfin, Éric, élaguer les arbres, c'est normal, la ville fait son devoir.

– OK, tu as raison, mais le Grand Platane de la place ne gêne personne, il est seul, il pousse librement, il faut juste faire tomber quelques branches mortes. Alain Baraton, le jardinier de Versailles, tu sais, le château du Roi Soleil, est prêt à venir le démontrer.

Bon, là, Éric s'avance beaucoup, mais il connait son interlocuteur.

– Ah, carrément, le jardinier de Versailles ?

– Ouais, et le platane des Collinettes est un arbre remarquable classé au répertoire.

– Classé, c'est sûr ?

– C'est en cours, alors tu vois, faut que tu en parles au président du Conseil municipal des jeunes pour qu'il en parle à son tour au maire. Et en plus, il est inscrit au concours de l'Arbre de l'année, alors faudrait pas le tailler n'importe comment, tu vois ce que je veux dire ?

– Oui, oui, d'accord, je m'en charge, fais-moi confiance, ça va bouger.

Tout en ayant un peu honte de ses demi-mensonges, Éric n'était pas mécontent de ses manœuvres : avec Damien Chiche, ça marchait.

Le père de David, mis au courant de ce que les Associés du Grand Platane attendaient de lui, trouvait délicat d'ennuyer M. Baraton pour le platane d'une petite ville.

– Mais P'pa, je t'assure, on l'écoute avec Mamie le samedi et le dimanche matin, il est sympa et à fond pour la liberté des plantes. Tu m'aides à lui mettre un message, peut-être qu'il répondra d'ici mercredi prochain et on affichera sa réponse.

– Bon, d'accord, tu fais un brouillon et je te corrige.

– Tu le connais, toi, le président de l'association des arbres remarquables ?

– Oui, c'est un collègue. Pourquoi ?

– Ben, pour notre platane.

– Quoi votre platane ?
– Comme arbre remarquable.
– Attends, là, tu exagères. Les arbres remarquables ont plus de cent ans au moins, et doivent être originaux, exceptionnels, uniques.
– Notre platane, si on le coupe, il ne deviendra jamais centenaire, répondit David sûr de lui, et il y a une pancarte indiquant qu'ils vont le tailler, et je les ai vus, les élagueurs, ils coupent, ils coupent…
– D'accord, tu crains pour l'élagage, alors tu veux quoi ?
– Avec les Associés, on pensait que tu pourrais alerter le président de l'association des arbres remarquables, même si le nôtre n'est pas encore très remarquable, pour que les élagueurs, ils y aillent mollo, juste quelques petits coups de scie, pour la forme, et…
– Bon, bon, stop, je lui téléphonerai et je te dirai, mais ce n'est pas la fin du monde, la taille de votre platane.
– Tu me l'as souvent dit, les choses on sait comment ça commence mais on ne sait pas comment ça finit, alors il vaut mieux faire attention avant.

Après cette conversation passionnée avec son papa, David, qui n'est pas du genre bavard, était plutôt fier de lui : il avait engagé son père dans le combat des Associés pour leur platane. Restait à rédiger la lettre à M. Alain Baraton.

Chérif aussi se creusait la tête pour écrire des slogans à afficher sur la place. Il aimait les mots, surtout les vieux mots inconnus, mais là il fallait plutôt des mots choc, des phrases courtes. D'abord il avait cherché des proverbes sur Internet, mais ils étaient trop longs et aussi des citations, mais il ne connaissait pas leurs auteurs et trouvait que ça ferait trop savant. Après avoir testé le soir même ses trouvailles sur ses sœurs qui avaient l'œil critique, il avait arrêté deux phrases :

« L'arbre offre son ombre même au bûcheron. »

« Un siècle pour grandir,
Un instant pour tomber. »

Ces proverbes lui plaisaient bien. Le platane était pour les Associés un refuge généreux, toujours là, à la fois solide et sans défense. Et puis, pour leur âge, il représentait quelque chose comme une éternité. David les avait tous effrayés avec sa peur de l'élagage. Il avait donc aussi créé deux slogans grâce à ses sœurs : « Élaguez élégamment » et « Non à la taille, oui à la vie ».

Il s'était également attelé à l'inscription de leur platane sur le site du concours de l'Arbre de l'année. Pour les photos, avec celles du concours « Flashez votre quartier avec votre portable », il avait le choix, mais il fallait les transférer en JPG et il allait devoir mobiliser une de ses sœurs. Quant aux questions pour proposer la candidature, il avait dû beaucoup téléphoner aux copains pour rédiger les bonnes réponses : quel aspect, quelles couleurs, quelle forme ? Il avait beau avoir une collection exceptionnelle de mots, là, malgré toutes les suggestions reçues, il en manquait pour décrire le tronc, évoquer les couleurs changeantes de l'écorce, qualifier la forme des ramures. Et il lui restait les questions sur les espèces abritées, leur histoire avec cet arbre et toutes les mesures demandées. Décidément, leur arbre sacré lui posait de sacrés problèmes.

Boris et Farouk, de leur côté, tiraient des sonnettes, comme on dit, à chaque instant libre. Boris annonçait une grande manif pour le mercredi suivant, le truc à ne pas manquer pour que « l'arbre centenaire soit respecté ». Et Farouk avec des airs de conspirateur disait aux riverains de la place qu'on risquait d'abattre cet arbre connu de tous, et que des vedettes étaient annoncées pour le défendre.

Les habitants de la place étaient habitués aux farces des galopins de l'école, et ils se méfiaient de cette annonce. Ils s'étaient déjà fait avoir une fois, pas question de retomber dans le panneau ! Mais cette fois-là, ça avait l'air sérieux… on n'était pas le 1er avril et le bouche-à-oreille faisait son effet !

Aussi, quand arriva la réponse du secrétariat d'Alain Baraton, la veille du jour prévu pour la taille, et qu'elle fut diffusée aux riverains, ceux-ci furent convaincus de la nécessité d'agir :

« Chers enfants,

M. Baraton a lu votre lettre attentivement et il vous félicite de votre engagement pour les arbres et la nature. Il ne pourra pas se libérer pour venir vous encourager, mais il a adressé un message au chef des élagueurs qui est un de ses anciens stagiaires. Soyez rassurés, votre platane sera bien traité. »

La lettre était signée avec un encouragement manuscrit :

« Bravo et bon courage. »

On afficha la missive en bonne place.

Mathias, le chef des élagueurs, avait en effet reçu le coup de fil de son ancien maître avec plaisir et beaucoup d'étonnement. Puis, quand le professeur Dalban, président de l'association Arbres avec lequel les relations étaient parfois tendues, l'avait appelé pour lui recommander le platane des Collinettes, son étonnement avait encore grandi. Mais quand le maire, en personne, lui avait demandé d'apporter tous ses soins au platane de la place des Collinettes, bien sûr, il avait assuré qu'il ferait très attention à ne blesser personne, mais son étonnement était alors arrivé au niveau maximum.

Du moins le croyait-il.

Car le mercredi, après le casse-croûte, quand son équipe arriva sur la place des Collinettes pour faire son travail, une telle foule attendait dans un silence absolu, que Mathias se demanda s'il ne rêvait pas. D'habitude, quand ils arrivaient, tout le monde fichait le camp. Ici, tout le quartier attendait. Un élève de l'école s'avança vers lui et fit un discours. Du jamais vu !

– Messieurs,

Les habitants du quartier, les riverains de la place, les élèves de l'école des Collinettes et les Associés du Grand Platane, appuyés par le savoir de M. Baraton, vous prient de ne pratiquer sur cet arbre vénérable que l'élagage strictement indispensable à sa santé et de le laisser vivre librement. Nous vous remercions.

Pendant ce temps, dans le silence qui régnait sur la place, ses collègues lisaient des pancartes affichées un peu partout. C'était de solides gaillards, mais cette foule attentive et muette leur faisait un peu peur. Il ne faudrait pas qu'elle se fâche !

La camionnette portant la nacelle s'avança le plus silencieusement possible. Devant elle, les spectateurs s'écartaient. Tout le monde se tenait à distance de l'arbre, par prudence et pour mieux voir. Les Associés formaient un groupe compact devant la porte de l'école. Mme Champoussin était sur place et M. Duroc, en convalescence, était arrivé en boitillant avec ses béquilles, prêt à tous les efforts pour assister à cet événement.

Mathias rassembla ses hommes autour de lui pour une dernière mise au point :

– Là, les gars, faut pas se rater sinon on se fait lyncher. Jamais vu ça. Je vais monter avec Jojo dans la nacelle, on applique le plan de taille mis au point avec Baraton, et vous évacuez tout de suite les morceaux coupés, pour pas les laisser traîner. Moins ils en verront, mieux ça vaudra. OK ? Alors, GO !

À plusieurs reprises, la nacelle monta lentement les deux élagueurs vers des endroits bien précis du vieil arbre. Une tronçonneuse flambant neuve opéra délicatement des coupes qui allégeaient la structure arborescente pour l'aérer. Dès qu'un moignon de bois chutait, les hommes de Mathias l'escamotaient promptement pour faire place nette.

Tout cela ne prit pas beaucoup de temps, mais il semblait que les horloges s'étaient arrêtées, et que l'opération avait duré une éternité. Quand la nacelle descendit pour la dernière fois et que Mathias et Jojo en sortirent, un tonnerre d'applaudissements se déclencha, à la stupéfaction des ouvriers. Abel, qui avait lu le discours, s'approcha pour serrer la main de Mathias et de ses hommes, qui n'avaient jamais entendu pareille ovation. Mathias se crut obligé de saluer les spectateurs, qui maintenant, détendus, se parlaient, s'invitaient, étaient heureux d'être ensemble. Mme Champoussin félicita Abel pour son discours et M. Duroc lui serra la main, ce qui fit tomber une béquille que David ramassa tout de suite pour éviter une chute.

Éric s'approcha de Damien Chiche qui avait pris beaucoup de photographies et le remercia chaleureusement comme s'il avait été le maire en personne. Damien assura qu'il en ferait part au Conseil municipal des jeunes et à monsieur le maire. Il se montra très intéressé par l'inscription du platane au concours de l'Arbre de l'année, et assura qu'il en parlerait autour de lui pour attirer le maximum de votes.

Mathias avait appelé M. Baraton qui lui avait demandé de féliciter les jeunes et promis d'envoyer à l'école un beau livre sur les écorces. Comme il s'apprêtait à quitter la place avec ses collègues, un jeune garçon s'approcha et, un carnet à la main, lui demanda s'il pouvait lui poser quelques questions.

– Vas-y mon garçon, volontiers.

– Merci, monsieur, je m'appelle Chérif et je suis chargé de proposer la candidature de ce platane au concours de l'Arbre de l'année.

– Ah, bon, s'étonna Mathias, qui allait de surprise en surprise. Vous entendez, les gars, ne partez pas, ce garçon a encore besoin de nous.

– Est-ce que vous pourriez me dire la hauteur et l'âge de cet arbre, pour la circonférence du tronc, on va mesurer avec les copains.

– Pour la hauteur, à vue d'œil, il doit être entre 25 et 30 mètres, qu'est-ce que vous en dites ?

– Oui, largement, faudrait mesurer.

– L'âge, c'est plus difficile, disons, au moins cent ans. Les platanes peuvent vivre très longtemps, si rien ne les attaque.

– Et celui-là, il est pas malade ?

– Non, pas pour l'instant, mais il faut le surveiller, éviter qu'il soit percé, parce que le parasite pénètre par les trous dans l'écorce.

– Merci, monsieur, on va faire attention, c'est notre platane fétiche, vous comprenez ?

– Oui, ça, aujourd'hui, on a compris. Bravo les enfants, vous avez fait fort !

– Merci beaucoup et bravo, aussi, vous avez taillé super bien.

La conversation fut interrompue par M. Leroy qui invita les élagueurs à goûter à son vin d'orange et par Mme Defoix qui avait sorti une table pliante devant sa porte et invitait les uns et les autres à partager un verre de son sirop de fraises fait maison.

Ainsi, peu à peu, les habitants du quartier s'étaient regroupés, parlaient sur le pas de leur porte, goûtaient au plaisir d'une douce fin d'après-midi et se disaient qu'en fait, les jeunes d'aujourd'hui n'étaient finalement pas si bêtes qu'on le disait et que ces gamins de l'école avaient parfois de bonnes idées.

C'est merveilleux, quand même, tout ce qu'un arbre sur une place peut faire pour les habitants, surtout quand les Associés du Grand Platane s'en mêlent et demandent en courant d'un groupe à l'autre :

– Et surtout, votez pour notre platane au concours de l'Arbre de l'année !

Peu à peu, la place s'était vidée et il ne restait plus que David et le platane face à face, semblant se dire « on s'en tire bien » et « t'en fais pas, j'ai l'écorce dure ».

La lune était pleine ce soir-là, et, pendant une bonne partie de la nuit, elle poursuivit son dialogue avec le vieux platane de la place des Collinettes. Mais ce qu'ils se dirent n'a pas d'équivalent dans la langue des hommes. Et en plus, cela ne nous regarde pas.

TABLE DES MATIÈRES